頁行

所爱隔山海，山海亦可平

冷莹 —————— 著

江苏凤凰文艺出版社
JIANGSU PHOENIX LITERATURE AND ART PUBLISHING, LTD

Contents

目　录

Contents

目　录

真正的爱情一生只能经历一次，

有时太早，有时太迟。

但还好，我们相遇过。

序言一

为什么要写一本关于失恋的书?

生活里刺痛人的东西已经太多了，每天都有很多人在疼痛面前无处躲藏。失恋这件事悲伤而无趣。更何况，这世间有很大一部分的失恋，并不是因为失去某人，而是在于失去的感觉。很多人像依赖精神鸦片一样地渴求痛苦，他们在失恋的刺痛里肯定自己爱的能力。这是很多爱情的苍白面目。我不喜欢。

我不喜欢因为悲伤所以才铭记。我不喜欢因为失去所以才念念不忘。正像我不喜欢人们赋予爱的意义是给伤口拍遗照。

我始终相信，爱是这世间真正有力量的东西，遇见对的人，就意味着遇见生命中最美的一幕春暖花开。好的爱情明净开阔，你通过爱一个人而爱上更多的人，与这世界有更温柔、繁密的联系。爱是奇异门，你通过爱一个人爱上你自己，爱上整个世界。这是我的爱情观点。

所有的观点都是从际遇中来的：所走过的路，所路过的世界，所旁观的所有故事。我对爱情的认知，来自我曾经遇到的人，和我身边那么多朋友们平凡却憾然的故事。每个平凡的故事都不平凡，每个普通的面容都曾倾尽心力。

我想，原来终是我清浅地误读了失恋。所有的失恋都有意义，但意义从来不是悲伤。

我曾经相信，所有的分开都缘于不够深爱。直至现在，也还有很多年轻的面孔像当年的我一样深信这句话。因为年轻时过于清浅的决绝，这世间很多的告别都没有被好好珍惜。而在不断叠加的成长之后，世事的无奈递给我一种温柔。在那样深沉的温柔下，即便是在对抗命运的倦怠里，也想要用尽力气去珍惜最后放开手时的指间留恋。原来，沧海一粟，我们终究都是做不得主的人。那么，便要趁着良辰，趁相爱的手指还相扣，给你我最好的温柔。

我们相遇、分别，用尽欢喜和悲伤，把所爱之人活成心上的一个静默符号，从此，那爱过的人，成为心上佩着温暖印记行走的人。我们看待爱情和世界的方式，我们内心的信仰与前行的力量，我们心上的温度，都已悄然发生改变。即便是那时的痛，也让我们懂得了在爱里成为一个不轻易刺痛别人的人。我们所遇见的一切让我们成了现在的自己。我们所遭遇的一切，让我们更接近生命的本质真相，懂得以更简单的方式幸福下去。我想，这应当是“曾经相遇”的意义。

那从最平凡真实的日子里生长出来的爱与无奈，那些扶摇在青春里的峥嵘成长，以及那些捂着伤口仍会懂得的感恩，就是我想书写的。

正如有人说，一个孩子说他爱世界，并不能称为勇敢；只有看过世界读懂世界之后，依然说他爱世界的人，才是真正有力量的人。我很幸运，我的朋友们与我所遇所爱之人，都是面对这个世界心怀温柔的人，那样倾首向爱的温柔，敌得过分离，敌得过此后人生路上所有的风霜。我想我们都是幸运的，虽然经历过疼痛和泪水，最后，我们都还是相信爱情、心上供奉图腾的人。

亲爱的，听我说，失恋了，还爱着，不是什么残酷的事情。你不过是怀抱着礼物走得慢一些的那个人，你怀抱珍宝的路程比大家都长。

冷莹

2015 年 4 月

序言二

得知《我还爱着你，比想象中更深》要再版了，我很愉快。非常感谢读者们对这本书的支持，还有我的好朋友、也是这本书的策划人段年落一直以来对这本书倾注的关注和帮助。

在这一次的再版中，我对之前的内容作了几处小修葺，也增添了几个后来写的新故事。在编辑的建议下，这一次书名更为《所爱隔山海，山海亦可平》。较之前书名，这个书名确实更贴切我对“失恋”这个主题的看法，我是愿世间相爱皆如此的：爱时满心赤诚不余退路，别后山海永绝心有余温。总之，诸多细节，皆希望这版书会比前一版更丰实美好，不辜负书前的你。

自《我还爱着你，比想象中更深》上市以来，我收到过许多读者来信，很多人都说他们是流着泪看完这些故事的。有很多素昧平生的面孔在电脑那端问我：书中某某人有原型吗？他们过得好吗？也有一些年轻人问我，爱情走投无路了怎么办？都分开很久了可我还爱着怎么办呢？

我想，他们要的并不是一个答案，大抵只是一双温柔的耳朵吧。

我有时觉得，在书的那一端，所有人为这本书、为这些故事所流过的眼泪，其实并不是流给书中主角的，而是流给他们自己的，流给那些与故事中的人相似的际遇与同样不可抵御的命运洪流的。我们做成年人久了，便成了戴上面具才敢纵情悲喜的人，在别人的故事里方愿坦然途经自己，途经自己内心所有的渴望与欢喜畏惧。

失恋了，怎么办？我想我没有办法帮你规避悲伤。我只能对你说，要等，要忍，等到冬天过去，等到春天的花渐次绽放；忍到你曾渴慕的一切从心上退却消散，忍到你曾日思夜念的面容隐入茫茫人海不再醒目。在这些等和忍的时间里，爱过的气韵会让你成为明日脚步更笃定的人。

在这本关于“失恋”的故事集里，我写下那么多悲伤的故事，最终也只是想把故事里美的部分指给你看：你看，这样美好过，即便最后难离伤痛，一切也都值得。

在爱情里，最美的，不是结局，是那些闪亮的相爱时分。正如每段生命都在大踏步走向归路，我们却依然满心爱恋着沿途风景。借着相爱的光辉，每个平凡的人都曾散发出耀目的气质，一个人只有在全心爱着另一人的时候，才有机会成为这世间最纯净无私、美好无瑕的人。这样的机会，是上天借那人之手给你的。

我们要拒绝生命里那些让我们的灵魂沐浴光辉的时刻吗？不，当然不要。何况，那时身旁曾有他。

爱情里，能相遇便是运气。在这世间，总会有那样一个人，幸能遇见，不问前程。

冷莹

2019 年 4 月

在那么多无可挽留的过期里，唯有好好爱着当下，才是对自己最大的善待。

谁没有一些搁浅的梦想和爱情

两个人分手了，最悲伤的可能是一条狗。

二〇一三年的夏天，有一天下班，大雨滂沱，我开车路过雁南路，看见我的小闺蜜段思思和她那条叫芭蕾的古牧犬在她家小区门口站牌那里展开一场拉锯战。

段思思要拉芭蕾回家，而芭蕾不肯，趴在站牌底下，一人一狗，形同角力。大雨里，段思思终于受不了了，撒手把狗绳松开，蹲在芭蕾旁边，哭得不成样。

我在车里看着她，缓缓将车开走了，没有停车。我想，段思思那一刻的脆弱一定不想被尴尬撞破，她那一刻难得放任的哭泣也并不需要被打扰。

我知道，芭蕾是在等周子恺。

大型犬芭蕾实在很大，站起来像一座山，一座灰白色阴影中温润的大山。

你能想象一座大山向你俯下身来的感觉吗？芭蕾很好客，每次我去段思思家玩，它都要把我扑倒，伸出舌头在脸上或胳膊上舔上那么一下才行，这算是芭蕾的待客礼仪，它喜欢的客人哪个也躲不掉。芭蕾是一只有主意的狗，你躲到哪里它都会机智地找过来，直到完成它的贵宾接待仪式为止。

起初我很害怕芭蕾的口水，每次一去就东躲西藏，最后还是难免要受它伸出舌头温柔一舔。后来习惯成自然，知道死活躲不过，也就死猪不怕开水烫，每次进门我都特别自觉地把袖子挽起来，将露出的胳膊伸到芭蕾面前，迎来狗国公主满意的眼神和深情一舔。

我想不明白娇小玲珑的段思思怎么会养这么大的一只狗，芭蕾的庞大身躯能容下两个她。这种大型狗是很难打理的，洗澡、收拾它每天掉的狗毛都是体力活，连大便都要比别的狗多几倍，我想一想都心疼段思思。

幸好她后来交的男朋友周子恺愿意照顾她和她的超级大胖狗。

芭蕾是一只没有立场的狗，它明明是段思思的狗，却很快爱上了代替段思思每天遛它、打理它的男主人周子恺。

后来我再去段思思家玩的时候，芭蕾急匆匆舔过我，便火烧屁股地奔去同周子恺打闹了。

芭蕾最爱玩的是扔骨头，它一次次不厌其烦地把彩绳织的大骨头叼到周子恺手里，让他甩给自己，然后追着那团红绿彩绳满屋跑。段思思的家不是什么宽绰豪宅，芭蕾体型巨大，根本跑不开，总是一不小心便听见“呯”的一声，抬头一看，狗头迎上了墙。我忍俊不禁，芭蕾呜咽一声，不以为意，爬起来继续快活地撒丫子奔去捡骨头。

那时候，段思思常常一边画她的插画，一边抬起头看这一幕，眼神里满是柔情蜜意。

芭蕾为什么叫芭蕾？我问过一次。段思思还没开口回答我，周子恺就抢着答：“跳芭蕾是思思小时候的梦想呗！”

段思思甜甜看过去，他俩相视一笑。

咳，这对小情侣！

每次我走，这对小情侣必定手牵手出来送我，顺便遛狗。每回我从后视镜看他们一家三口，画面美好，自有天伦，心生感动。

段思思是自由职业者，本来黑白颠倒没人能管的作息，和周子恺好了以后倒是规律起来了。

周子恺是银行柜台的坐班族，朝九晚五。每天早上，段思思牵着芭蕾送周子恺到门口站牌；下班时，美女和美狗又一同守在站牌下欢欣地迎接他回来。

芭蕾眼尖鼻子灵，总是蹿得比段思思快，一颗硕大狗头在周子恺整洁的西服上蹭来蹭去。

有一天段思思突然吃醋了，问周子恺："如果我和芭蕾一同掉下水里你先救谁？"

周子恺放声大笑，笑完了，答："救你。"

段思思对周子恺的回答很满意。马上又听周子恺说："狗刨狗刨，有哪只狗不会刨？"

段思思跃上周子恺的后背，挥着她白皙小拳头不满地哇哇大叫。周子恺嘻嘻哈哈地背着段思思往家跑，芭蕾在身后不知所以，也快乐地跟着跑起来。

那时候的他们多美好，好得让后来回忆的人足够悲伤。

他们分手以后，段思思看起来还好，忧伤难免，倒也算没有过激行为。她只是时常怔忡。发呆的模样让人一眼看过去，谁也不知道她是想到了有周子恺的过去，还是牵挂着没有周子恺的将来。

有一天，我正在出租车上，段思思给我打电话，她问我："江朵姐，你说，爱情有什么用？"

我想了想，回答她："爱情本来就不是拿来用的啊。"

那是她和周子恺分手后的第二个月。

比段思思要失控的是哀怨的古牧芭蕾。在它那样犟的狗脑袋里，根本就不理解为什么人类的世界里分离和爱都可以是翻云覆雨的事情。它每天下午到点就要冲出门去迎接它的男主人，它把狗绳叼到段思思手里，段思思不去，它就一遍又一遍地塞给她，执意把她领到门边。段思思只好每天陪它在站牌那儿站到天黑，再一人一狗慢慢走回家，搞得身心俱疲。

“他不会回来了。他不会回来了。永远不会回来了。你知道吗？”

段思思耐着性子一遍遍给芭蕾讲。

芭蕾不明白。它睁着两只大大的眼睛，睫毛忽闪忽闪，凑过头来温柔而疑惑地舔掉她脸上的眼泪。它不知道女主人为什么突然就哭了，人类的眼泪那么咸。

为什么失恋是那么痛苦的事情，人们还都渴望恋情？我不知道。

有一天我在段思思家陪她，她家旁边的商场地下停车场里正发生劫车事件。

歹徒是一个年轻男子，随手劫了一辆宝马，车上有一个年轻妈妈和她幼小的儿子。歹徒没有伤人，但也不肯放人，他在车内癫狂呼喊，只请求现场的警察开枪击毙他。后来我们看新闻追踪才知道，男子不过是失恋了，万念俱灰，一心求死。

失恋的力量多可怕！有的失恋不过是剪剪指甲，轻松辞旧，短暂清盘，春风吹又生。有的失恋，却是抽筋拔骨，把自己轻贱地献祭到一个无人在意的神龛上。

为什么失恋是那么痛苦的事情，人们还都渴望恋情？

那天段思思在电视机前默然很久，突然作答：“或许，是因为爱着的时候实在太过美好，人们才不介意承受结束时的心碎吧。”

因为相爱时太过美好，我们才在悲伤作别时依然对相遇心存感恩。

后来，段思思交了新男友。那个男生比段思思大三岁，段思思常常叫他老曹。

老曹有自己的公司，公司比较成熟，他的时间很自由，每天早早下班回家遛芭蕾，给他的小女朋友做饭。

芭蕾那会儿偶尔还会奔去站牌，站在那等一会儿，也只是一会儿，看上去有些呆呆的。它大概自己也不记得在找什么了吧。

老曹问过段思思是不是上过班，芭蕾似乎在等下班的人。段思思摇摇头，聪明的老曹便不再问了。

老曹对芭蕾很好。他喜静，自诩老年人，不爱跑步等过于激烈的运动，很少陪芭蕾做奔跑游戏。但他对芭蕾的照料很上心，不用狗粮打发它，三天两头炖骨头和料理猪肝给它吃，很勤快地给芭蕾洗澡和打理毛发。芭蕾有天半夜不舒服地哼哼直叫，段思思本打算天明再带它看医生，老曹坚持要半夜爬起来，带它出门去了自己的兽医朋友家。

段思思问老曹为什么那么喜欢芭蕾，老曹刮刮她的鼻子，笑着说："因为我不在的以前，是它替我守护了你那么久啊，它把我的小公主守护得那么好！"

段思思鼻子一酸，眼泪差点掉下来。

老曹曾经历过什么伤心事吗？他曾爱过谁，被谁爱过，他经历了怎样的恩慈和辜负，才成长为今天这样温厚柔软的人？

段思思是这样猜想的。

但她从来没问过他，以后也不想问。她得到了正当好的他，在她尚且正当好的年纪。她对命运满怀感恩。这样深沉的感恩，足够让她宽恕曾遭遇的不舍离别。

和老曹在一起的日子安稳而幸福。老曹每天下午从附近的菜市场买菜拎回来、用心做饭，他记得段思思生活里的很多喜欢和不喜欢。每晚吃过饭，段思思都在老曹的臂弯里和他头抵着头一起看一会儿电视。而芭蕾，早已习惯跟过来，卧倒在他们身边，把它大大的脑袋架在老曹的腿上，很快便睡了过去。

老曹曾经想给段思思报个芭蕾班，他说有梦想不如就去实现。

段思思摇摇头，微笑着拒绝了。

那时候，她想起很多事。五六岁的时候，她想要一个漂亮的玻璃糖罐，里面装满各种美味的糖果；七岁的时候，她想要一条层层叠叠隆重过人的洁白公主裙；再后来，她希望能成为一个芭蕾舞者，踮起脚尖，被全世界最静的那一束灯光照耀……

成长的过程当中，她有过那么多梦想，后来都能被轻易实现，但是她再也没有去实现过。因为过期的梦想，已经没有了意义。

过期，意味着不再被渴求，不再被需要。生命里会过期的东西实在太多，诺言会过期，眼泪会过期，爱情会过期，等待一个人的心也会过期。

谁都曾求而不得，谁都曾无可挽留，那么就允许生命里存放一些被搁浅的美好吧。

在那么多无可挽留的过期里，段思思想，唯有好好爱着当下，才是对自己最大的善待。

在接受了老曹在不夜城突袭的当众求婚、戴上了老曹亲手给她套上的订婚戒指后，段思思终于同意搬到老曹的房子里。

搬家那天，芭蕾很着急，见很多东西被搬上车，生怕段思思会遗落它，早早地就跃上老曹的越野车的后备厢，趴着便不肯下来。

车离开的时候，段思思扭头凝视了一会儿家门口那个熟悉的站牌。烈日炎炎，空无一人。

那年那个多雨的悲伤夏季已经过去，她和芭蕾都早已上岸，随着时间的流逝，春暖花开，所有的伤口也渐次愈合。

这世界，四季交替太匆匆，春花谢了秋红。一个人，一只狗，原来没有谁会永远在原地等待。

这是苍茫时光里，属于我们的残忍，也是恩慈。

爱·谏言

一个人在最倒霉的时候并不适合恋爱，没有消化完的伤害对自己对别人都是隐患。好的爱情都有一个好的开端，要在最好的时候迎接爱情。

有些泥沼需要独自走出

电视里，明星分手正被曝光，牵出幕后让人大跌眼镜的偷腥事件。一众网友对着屏幕声声哀号："我们再也不相信爱情了。"

沈青靠在我家客厅的沙发上，愤恨地说："不相信爱情有什么？我失个恋差点连人性都不信了。"

早说沈青和周庄会分手，打死谁谁也不会信。

沈青和周庄好的时候让旁人恨不得自抠双眼，两人热乎得就算天崩地裂也要在一起。

我第一次见沈青的时候，连周庄也一起见了。那天有人组局吃饭，朋友带朋友，一堆认识的不认识的凑到了一起。沈青人还在餐厅包间的门外，她的笑声已经飘了进来。沈青推门进来，她身边站着个一米九几、笑容憨厚的大高个儿，就是她那个前职业篮球队员男友周庄了。

吃饭间，这对小情侣一直互相夹菜。周庄喝酒前，沈青还体贴地从包里掏出一袋牛奶让他先喝了保护胃。席间有几个活跃的朋友讲笑话，沈青经常笑着笑着就一头偎进了周庄的怀里，喘不上气来。男人都爱显摆，周庄喝了几杯，开始大讲他在某知名篮球队几年里的集训生活，如何深更半夜饿得集体翻墙跑到食堂偷吃；在封闭式的训练生活里，偶尔放风见到女网友的兄弟如何被大家羡慕；比赛遇到疯狂的女球迷时的状况百出……大伙儿听得津津有味。这些故事沈青想必听过无数遍了，她静静地在一边笑看着自己的男友。

席间，有个老朋友提起要去我家吃我做的干煸牛肉，众人纷纷起哄要一起。沈青也讶声道："我们俩居然住同一个小区。"

就这样，一场聚会未散，另一场聚会又飞快组织了起来。

几天后，在我家吃过饭后，朋友们在客厅里聊天看电影，沈青进来帮我洗碗。她和我有一搭没一搭地聊，话题很快又转到周庄。沈青告诉我他俩是在一家公司做同事时认识的，他们同一天应聘进一家公司，不久后就发现那是家骗子公司，双双辞职，那家公司对他们的意义是收获了彼此。

说话的时候，沈青的眼神不时飘向客厅里正高谈阔论的周庄，眼神软软的，一遍遍从周庄的身上扫过。

那个时候，我突然有点羡慕沈青。一个人在那样爱着另一个人的时候，心里一定是最柔软芬芳的吧？无论爱的是谁，只是那样深沉地爱着，便已美如一场梦。

在与别人一样的天地里，深爱着别人的人，拥有的是一个比他人都更美丽喜悦的世界。

两天后，沈青拎着一个塑料袋突兀地站在我门口，袋子里是一大块牛肉。她笑嘻嘻对我说："周庄说那天的干煸牛肉好吃，你教教我吧，我想做给他吃。"

因为住得近加上投缘的缘故，我和沈青很快成了好朋友，我们也拥有了更多的共同朋友。

沈青对周庄好得让男人嫉妒，让女人惭愧。有一次大刘喝多了，就举着酒瓶往桌上敲，像狼一样嚎着问："为什么就没有姑娘这样对我，为什么？”

嘴儿欠的李山接话，答：“想让姑娘那么对你？听说过长高疗法吗？你先把腿打断，往里接根尺子去。”

大伙哈哈大笑。沈青一把搂过周庄的脖子说：“高有什么好？我们家周庄可是一点坏事也不能干的，这么高的个子往人群里一站，干点坏事往哪儿跑也白搭，警察一眼就瞅见了！”

周庄说：“就是，我可不能干坏事，我要进去了，我们家大美女被人拐跑了可怎么得了。”

沈青咯咯笑着，笑容在灯光下格外好看。

谁也没有想到，那么高的周庄，后来真是掉进人群里不见了。

事发前两个月，周庄告诉大家他所在的期货公司有一项很值得做的投资，短期内稳赚不赔并且利润空间很大。

当时没人吭声，气氛有点尴尬，李山赶紧端起杯子请大家共饮一杯。众人反应过来，纷纷碰杯喝酒，然后各自吐苦水，总之重点是个个都没有余钱。

几天后，沈青挨个儿打电话，希望大家能帮周庄这个忙。沈青说他刚进这个公司不久，还没有站稳脚跟，希望大家帮着抬抬他的业绩，哪怕过几个月再把钱往回撤也行。

好姑娘沈青出声了，大家都不好意思了，三万两万地帮周庄凑，最后居然也凑上了二十六万。私下一打听，原来大刘一个人就投了十一万，大刘背着沈青哀号：“那可是老子的老婆本啊老婆本！”

李山一巴掌就打到他头上去了，说：“你自己愿意拿你的老婆本去讨好别人的准老婆，关别人什么事，你还有脸在我这儿嚎！”

一个多月过去，周庄按期给大家分了些利润，从一千到九千都有，又鼓动大家加大投资力度。但没有人再投，大家手里确实也都没有闲钱了。

再然后，周庄就失踪不见了。

周庄离开前告诉沈青他要回青岛家中一趟，顺带做做他那个一直不同意他找外地媳妇的老娘的思想工作，然后今年过年正式带沈青回家见公婆。

沈青恋恋不舍地送走周庄，两个小时以后发现周庄的电话怎么也打不通了。

几天后，李山托派出所的老同学查了周庄的户籍信息，结果石破天惊。一直以来自称父母自营公司、自己是富二代、前职业篮球队员的周庄，原来只是一个地地道道的农村汉子，高中辍学，且早已结婚生子，儿子今年都六岁了。

沈青瞠目结舌。沈青从来没有和周庄家人通过电话。有次她和周庄开玩笑说你不会是结过婚的人了吧。周庄张口就答："是啊，我孩子都会打酱油了。"

当时沈青笑得花枝乱颤。完全没有想到面前那个嬉皮笑脸的人在描述一个无耻的真相。

从来没有过篮球队经历，从来没有过妈妈不同意他找外地女友的事，从来没有过属于他和沈青的幸福明天。一切都是假象。一个骗子在沈青的世界里挥一挥衣袖，她这两年的时间成了一个巨大泡沫。

沈青崩溃了。

翻遍周庄遗留下来的东西，沈青只在一件旧衣服里找到了一张过期的一代身份证，以及一张四年前周庄的肺癌早期诊断书。

"死骗子！活该得癌症！早点去死，横尸街头才好！"沈青把周庄那件旧衣服扔在地上，双脚疯狂踩，满脸泪水。

这不是一次简单的失恋，这是一个人生的泥沼，没有人会甘心不去讨要一个公道。

沈青执意要孤身前往青岛旁边的那个小村庄，去找周庄的老家。

大刘想陪她一起，沈青拒绝。大刘申辩说："那孙子欠我十一万，我凭什么不能去找他？”

沈青冷冷哼出两个字：“爬开。”

大刘就蔫巴了，给沈青买了张机票，把她送到了机场。

沈青回来后，在我家窝了两天，除了吃喝上厕所，哪儿也不去，什么话也不说。第三天吃早饭的时候，沈青坐在我对面，突然开腔了：“我看见他老婆孩子了。”

她看见那个年轻的妇人弓着腰在离家不远的一小块菜地里干活，那个六岁的男孩身上脏兮兮地蹲在家门口和同村的孩子斗纸板，裤子短一截，衣服上全是补丁，眉眼像足了周庄。

周庄的种种行为，沈青一进村子就听说了。村里人一见她，就问她是不是来找周庄的。村里人都知道周庄是个骗子。他和他老婆关系不好，孩子不到一岁，他就离开了家，从此再没回去过。他的父母早就去世了。他的老婆一直在家等他，没等到他，却等到过好几个被他先后骗过的年轻女孩，她们都很聪明，循着周庄留下的蛛丝马迹就找到了这个小小的偏僻村庄，见到了她和孩子。

隔着一块地，周庄的老婆和沈青静默对视，疯长的野蒿把她们的脸划得支离破碎。这几年经历的一切已经让那妇人的目光变得平静如水，她看着沈青，等待她的愤怒。

沈青什么也没说，转身离开了，越走越快，最后在去村口的田间小路上狂奔起来。她包里除了回程的车票钱还有两千三百块钱，她在离开时一股脑儿地塞在了那个有着和周庄如出一辙的面孔的小男孩手里。

我伸手抱了抱沈青。我不知道跟她说什么好。一个会在失恋被骗后，给骗子男友的儿子留下身上所有钱的姑娘，你什么也不需要跟她说。

两天后，我在小区楼下碰到沈青。她穿着蓝色裙子，化了漂亮的淡妆，在阳光下很是悦目。

“找了份工作，去面试。”沈青对我摆摆手，嫣然一笑，还是那个我第一次见时美得让人怔然地姑娘。

所有曾给周庄投资的朋友都接到了沈青的电话或短信，她告诉大家那些钱她将先后还给他们。

“可能会等得久一些，但一定会收到。”沈青说，“不容拒绝。”

只有大刘没有收到沈青的信息，但所有人都知道，最不可能要沈青钱的就是大刘。

这些年里，大刘对沈青的心思所有人都看在眼里。大家都鼓励大刘适时出击，英雄救美，抚慰沈青受伤的心灵。大刘默默不语闷头痛饮，满脸失意。众人一望即知，无言以对。

沈青私下对我说：“我还没有做好准备。一个人在最倒霉的时候并不适合恋爱，没有消化完的伤害对自己对别人都是隐患。好的爱情都有一个好的开端，我要在我最好的时候迎接爱情。”

大刘是沈青最后一个归还钱的人。大刘死活不肯要，沈青直接找到了他家，敲开门，还到了他妈手里。

还完欠款的那天沈青很开心，晚上约了大家唱歌。

在KTV，沈青喝多了，举着啤酒瓶又蹦又跳，她拿着话筒声嘶力竭地喊：“碰到人渣怕什么？吃掉他！失恋算什么？下次眼睛要睁大！”

嘈杂的背景音乐里，大家都在嘻嘻哈哈地笑。只有大刘冲上去抱着沈青，我看到他眼角的那滴眼泪，映着灯光五彩斑斓。

周庄的QQ还在沈青的联系人名单里，只是头像再也没有亮起过。

在事发后的那一年多里，沈青心情不好的时候就会点开对话框骂他，从乌龟王八蛋死骗子到问候死了没有，还没有死的话怎么对得起这么好看的春天；又或投胎别做猪，如果被人吃了恶心到别人下辈子还是罪过之类的。骂风诡异多变，风格粗犷华丽不一。

只是周庄从来没有回应过。

“肺癌到现在，他是不是已经死了？”沈青问我。

我摇头。沈青睁大眼睛，她问我：“你怎么知道？”

我把她拉到电脑前，点开周庄的头像，指给她看那个不起眼的“七天内有登录”的标志。

我明显发现沈青出了一口气，整个人瞬间放松。

“你不会还爱他吧？”我吃惊地问。

沈青摇摇头，说道：“不爱。只是不希望他死。还是好好活着吧，世界挺好。”

得知周庄依然在世后，沈青再也没有点开过他的 QQ 头像。

在替周庄还清欠朋友们债务的两年里，沈青辛勤工作，天天加班，为了一笔业务耐着性子讨好不讲理的客户，凌晨两点半赶往偏远工地时坐在当地农民的拖拉机上因为害怕给我打电话。舍不得买一件新衣服，舍不得去外面餐厅吃一顿自己最爱的法式鹅肝，舍不得去旅行，舍不得在商场买一套高档一点点的护肤品。

爱是什么？爱是一条瞎眼的狗。它可能是你最温存的陪伴，可能给你最忠诚的依赖，也可能是一个将你咬得遍体鳞伤后逃之夭夭让你连打狗棍都想不起来抡的人生噩梦。

但是，无论你爱过的是一个怎样的人，那曾经清澈爱过的心情，却都可能令你从此对这个世界心怀恩慈。这样的恩慈，甚至能让人原谅那个配不上爱情的人。

沈青经历了很多人这辈子都不会遭遇的惨痛失恋，但她却聪慧地从中认领了最好的礼物，而非怨憎与悲凄。

沈青和大刘的婚礼在新娘最喜欢的樱花季举行。

城郊，漫天粉白的樱花将沈青的脸映得柔美如仙。大刘身高一米七二，模特身高的新娘子穿上高跟婚鞋，就只好低头吻新郎。众人鼓掌鼓得不怀好意，新娘笑得甘之如饴。

大刘苦苦等候沈青五年，在沈青遭遇被骗失恋时陪伴三年多，终于抱得美人归。有人问大刘等得苦不苦，大刘挠着头嘿嘿一笑，说："当她告诉我要把自己整理好才会接受新感情的时候，我只觉得自己更爱她。这个世界上有那么多把爱情当玩笑的人，但是我知道，我不是，她不是。她摔倒了，不希望人扶，那好，我陪在身边等她。她要多久，我不着急，爱是一辈子的事情。"

那天的婚礼没有人不落泪。李山一个糙爷们儿，眼泪流得满脸都是，他一掌拍在新郎官的后脑勺上，吼道："你大爷的！还要不要脸！大白天的叫人哭！"

婚后大家常常跑到小两口的家里去蹭吃蹭喝。沈青做菜做得很好，尤其是那道干煸牛肉，功夫炉火纯青，远在我之上，吃得我眼眶酸麻。

不过，她做得最好的菜还是椒麻田鸡，大刘最爱吃田鸡嘛！

那个愿意和你一起胖的人哪儿去了

印度飞饼是两个人。两个曾经是情侣的人，男印度和女飞饼。

男的肤色比较黑，头发是自来卷，常被朋友笑话，所以叫印度。女孩因为和他在一起的时候两人好得形影不离，总是手拉手出现，被人叫飞饼。

绰号是大刘起的。那个时候印度飞饼文化还没有深入中国民间，大家都想象不出来到底是什么样的饼吃了能让人飞起来。曾经在中学时同父母游历过印度的大刘便得意地跟我们描述飞饼的味道，据他鉴定，那是印度唯一适合我们胃的东西。

印度飞饼我们没吃过，但我们知道印度和飞饼绝对是俩极品吃货。

印度和飞饼有很多的共同点。比如都胖，两个人加在一起重量足有三百斤，走起路来圆滚滚的气势都很相似。又比如眼睛都小，一笑都有小酒窝，赤裸裸的夫妻相。

不过两人最大的共同点，还是体现在吃上。两个嗜吃如命的人，一谈起美食便四眼放光，用后来微博上流行过的一句话来说就是：两人手牵手奔赴餐馆时脸上漾起的幸福笑容，感人程度不亚于婚礼。

俩吃货的认路坐标全凭吃，西安的道路规划在他们眼里就是一张美食地图。从南湖的牛排到翠华路的肉夹馍到南门乐乐的香辣肉再到北大街某大楼里的意大利私房餐厅，只要西安市有好厨子的地方就没有他们不知道的路。

朋友们每每笑他们胖，俩吃货不约而同把肚子挺一挺，骂回去："我们不是胖，只不过肉体生来比较有良心。你每天吃那么多还不长肉，对得起那些为你死去的猪鸭鱼羊吗？"

大家在一起聊天，说起男女朋友间那点感人的事。

印度满脸幸福地说："飞饼每个周末都给我做饭吃啊！我家飞饼做的咖喱牛肉、蒜香牛舌、香草烤蒜、玻璃肘子、干煸脆笋……都是最好吃的。每次周末看着飞饼系着围裙在厨房里一边做饭一边哼歌，我都觉得感动。"印度咽了咽口水。

飞饼难得地羞涩一笑，道："有次半夜三点我饿醒想吃烤肉，印度骑着电动摩托车出去到处找也没碰见有卖的，后来他逮着一个正要收的夜摊，把人家剩的一点生肉串都买回来，在阳台上架着炉子烤给我吃。当他把肉串端给我的时候，我就知道，我这辈子要嫁的一定就是这个人了。"

李山说了声"我去"。李小荷掏出镜子补妆。三宝和楸楸笑得东倒西歪。大刘一手搂着沈青，一手拿根筷子敲敲碗，喊道："你们敢来点浪漫的吗？"

飞饼说："有啊。我们默契度非常高，好多次我想吃什么，才说了前半句，他就把后面的话接出来了。有天晚上，我们都睡下了，突然同时想吃酸菜鱼。可是那天冰箱里只有鱼，于是我们就一起出门去找二十四小时营业店买酸菜料包。我们手牵手走在没有人的路上，所有路灯都照着我们俩，夜风一吹，好浪漫！"

大家集体翻了个白眼。李山痛心疾首地说："能聊点有意义有追求的吗？比如说……你们俩就没干过仗吗？"

有，有，有。两人小鸡似的点头。

“我说老潼关家夹肉的馍是最脆的，她非说翠华路那家牙子更脆。还有回民街那块儿的韭黄牛肉煎饼，她非说西羊市那家的要比大皮院的更好吃……”印度义愤填膺。

“你们评评理，牙子和白吉馍哪个会更脆？西羊市的煎饼明明比大皮院的味道好太多了，好吗？！还有回民街口那个石榴汁和甘蔗汁，印度你有脸再当大家面评评……”飞饼一拍桌子，怒目横眉。

等大家吃完饭散场各回各家各找各妈，两人还在那里吵得热火朝天。

大家都觉得这对吃货是情侣里头最具烟火气的一对，都存着红包等着他们的结婚喜宴。别的不说，就这对吃货对吃的执着和严谨程度而言，他们的结婚饭绝对是场可期待的盛宴。那话叫什么来着，舌尖上的婚礼！

但事实常常告诉我们，现实总是有悖想象的。临时凑对的往往一不小心就白头了，那些交颈的鸳鸯后来多半都失散了。

事情从印度的爸爸突然查出喉癌晚期开始。

印度赶回重庆老家服侍了老爷子两个多月，就披上了孝衣。葬礼上，印度泪眼婆娑地送走了他爸，随后就被他妈叫到了房里谈话。

他妈哭得一把鼻涕一把泪，希望他这个独子能回重庆，留在家乡，留在她身边。

其实回重庆这件事印度抗争了很多年。印度从大学毕业开始就一直留在西安工作，开始是因为年轻爱自由，想自己闯一闯，后来则是因为遇到了飞饼。飞饼是地道的陕西娃，父母家就在离西安市不远的咸阳，也是家里的独生女，早就答应过了父母不远行的。

看着遽然变成孑身一人的老妈在自己面前老泪纵横，印度这次再也说不出一个不字来。

印度和飞饼就这样分了手。

刚开始，飞饼还很愤怒。她自然而然地化愤怒为食欲，一天到晚拉着女朋友们胡吃海喝。

火锅、私房菜、胡辣汤、肉夹馍、牛羊泡馍、葫芦头、川湘小炒……酒肉心中过，愤怒入肚肠。

有时深更半夜飞饼也把我们叫出来，坐在对面一边抽泣一边吃喝点评厨子手艺。吃多了，就腆着肚子心满意足地瘫在靠椅上，开始咒骂印度没良心没责任感、不像个男人、所有承诺都是放屁。

如此一段时间之后，大家都退避三舍。

李小荷一脸苦相地说："真的不能再吃了，油太大，我最近隔三岔五闹肚子，都快虚脱了。"

沈青低眉顺眼地哀求："大刘说我都胖得没腰了。"

我见势不妙，赶紧跟上大家的诉苦节奏："飞饼，你同情同情我吧，我的裤子裙子最近全小了，我几年买的衣服都没最近多，再吃下去我就要直奔大码店了！"

飞饼瞥了我们这群没义气的女人们一眼，悲愤地将一大块毛氏红烧肉填入嘴中。

几周之后，飞饼不再吆喝我们出去吃饭了。不仅不吆喝我们，她自己也没了吃的心思。

刺激她的不是我们几个，是印度。

印度回重庆不久，就在他妈的安排下去相了几回亲，最近要和一个姑娘订婚了。据说那姑娘深得印度他妈欢心，一同上街时印度她妈总拉着姑娘的手，见熟人就笑容满面地介绍这是她家儿媳妇。

听闻了这些的飞饼沉默了些天，出关之后像变了个人似的。

她不再骂印度了，对吃这件热衷了二十余年的事也突然丧失了兴趣。

飞饼的馋就像被割离身体的阑尾，在和印度分手的这一年突然就离开了她。

飞饼不再四处找美食，大家拿好吃的引诱她，她也无动于衷。一起出去吃饭，飞饼象征性地吃了几口便不再下箸，搞得同桌吃饭的人都有些意兴阑珊。

我、李小荷、沈青都有些后悔，在飞饼还能借吃疗伤的日子，没有陪她痛痛快快地吃下去。

飞饼也开始接受身边人为她安排的相亲了。

相亲对象里，常常会有人用半开玩笑半认真的语气跟她说："你挺胖啊。"飞饼笑眯眯答："是啊！"等到离开以后，飞饼就将那些嫌她胖的人拉入黑名单，再也不联系了。

和印度在一起的时候，飞饼觉得只要自己不嫌弃自己，胖也可以是一件很愉悦的事情。在印度离开之后，飞饼发现自己不能做一个快乐的胖子了，世界对一个女胖子充满了恶意。

其实飞饼不用悲伤。在丧失了食欲之后，飞饼一直都在变瘦。

因为基数太大，半年之后她才告别了胖子界，瘦成了人群中一个身形不会引人注目的姑娘。又过半年，飞饼就成了我们所有朋友里最瘦的姑娘了。

瘦下来的胖子果然是励志的，所有人都诧异地发现，飞饼其实有着尖下巴、小葱鼻和一双黑瞳瞳根本就不小的好看眼睛。飞饼居然是个那么美那么美的姑娘!

以前印度说飞饼美的时候，大家只当是情人眼里出西施。等到瘦成如一棵细柳的飞饼长裙娉婷地走到大家面前时，所有人都看见了曾经只有印度了然的美。

美女的相亲就变得很轻松了。不用相亲，路遇搭讪的就很多。

飞饼慢慢也有了大美女的矜持，不多话，多半时间沉默，偶尔微笑。有几次，飞饼把自己曾经的照片取出来，给那些对她穷追不舍的男人看，她问："这是我妹妹，你喜欢吗？"

在三宝和楸楸婚礼上，飞饼多喝了几杯，李小荷开车送她回家。飞饼把身体软软地瘫在长条后座上。李小荷一边开车一边问她：“你到底想找个什么样的男人？”

飞饼醉眼迷离地伸出手指，在空气中勾画一个轮廓说：“一个愿意和我一起胖的男人。”

二〇一一年，飞饼在翠华路开了家私人订制蛋糕店。

同年年底，印度在重庆奉子结婚。

李山和大刘开车去参加了印度的婚礼，飞饼让他俩捎去了一个红包。红包里是张卡，里面有两人在一起时的一点共同存款。红包封盖的内侧写了一句没头没脑的话：牙子就是比白吉馍好吃。

印度结婚那天，飞饼的蛋糕店橱窗里推出了一款特价婚礼蛋糕。四层高的浅蓝色蛋糕上镶满了绣球花瓣，很美。就是上面站着的奶油新郎新娘都圆滚滚不合常规的胖，看上去蠢萌蠢萌的。

后来，印度回西安办过一次事，大家一起吃了饭喝了茶。没有人叫飞饼，都知道叫了她也不会来。

印度也瘦了很多，瘦得我们有点不太认识。他已经不是那个一提吃就流口水的馋胖子，似乎比我们都更快一步地变成了稳妥老成的中年人。

那间茶楼的老板大概被人逃单逃怕了，交代服务员要提前买单。印度抢着付账，打开的钱包里露出了妻子和儿子的照片。他儿子在那里甜甜地对着大家笑，小脸上聚集了爸妈的全部优点，长得真漂亮。

没有人提起飞饼。

印度还是见了飞饼。离开西安前，印度让李山开车带着他去了趟翠华路。他让李山把车停在飞饼的蛋糕店对面不远处。然后就坐在车里，一直盯着橱窗玻璃后面飞饼忙碌的身影。

那天飞饼穿了件薄荷绿的长裙子，纤细的身形摇曳在明净橱窗后面，很动人。

一直到身上的小半盒烟都抽完了，印度才轻声跟李山说："走吧。"

在车上，李山还在心里想，看见前女友在自己离开后突然变成一个大美女，印度肯定后悔吧，换哪个男人多少都会后悔的。

然后，李山就听到了印度叹气的声音。印度说："飞饼怎么那么瘦，还是胖点好。"

印度说那句话时的声音特别轻，像盖了很多床棉被的伤口，掩着，捂着，听起来还是那么疼。

也正是在二〇一一年，印度飞饼突然在古城流行开来。

湘菜馆、海底捞、小苏塘坝鱼……和印度有没有关系的餐厅一夜之间都被印度飞饼占领。一瞬间，走到哪里都见白衣厨子含笑走来，声势浩大地表演一面大饼在一桌人头顶飞来飞去的杂技。

我们把每种口味的飞饼都尝了一遍，味道还不错，但没有大刘说的那么神奇。

飞饼从来不点印度飞饼，因为开蛋糕店的缘故，她现在非常不爱吃甜食。

而每一次在餐厅里遇到头顶有面大饼在飞来飞去的时候，我总是会想起飞饼和印度。

想起那一对胖乎乎的情侣坐在大家面前笑得甜蜜知足的样子，一样眯到快没缝的弯眼睛，一对连位置都相似的清浅酒窝；想起印度描述飞饼周末在厨房做饭时的幸福，也想起飞饼说到"那时候，我就知道我这辈子要嫁的一定就是这个人了"时的笃定；想起飞饼醉躺在李小荷车上说想找的是愿意陪她一起胖的男人时的温柔和无助；也想起印度在李山车里的那一句无奈而疼痛的叹息。

曾经说好的天涯海角后来都在，只是与当初的他们再无瓜葛。

他们的故事已谢幕，在多情的记忆里和冷漠的现实前，喜乐疼痛早已被当事人深埋。能够肆意为那一场场拥有与离别落泪的，从来都是旁观者。每个人都是别人故事的旁观者。经由别人，路过自己。在别人的故事里掬一把自己的热泪。

餐厅师傅的大饼还在我头上飞，我们这一桌人都傻傻仰着头。

那团雪白面饼，飞碟一样，在厨师高举过头顶的手指尖灵巧穿梭，上下飞舞，赢得客人们的满堂喝彩。最终它还是要离开那双它熟悉的手。

食物终要离开厨子。飞饼最终离开印度。

这世界山长，水长，所有分别的人都还在。只是最初那个愿意和你一起胖着浪荡人生的人，他躲入人群，不见了。

爱·谏言

爱情从来不是雪中送炭，爱情本是锦上添花。当我自己还不是一块锦的时候，我原谅，你花开别处。

璐子的钻戒

每个姑娘都希望有一枚好看的钻戒。我见过的最美的钻戒，是璐子的。

璐子是我们初中同学里最“二”的姑娘，没有之一。

有人风筝挂树上了，璐子回头看一看，身边一圈全是女孩，立马把裙子撩起绑在腰上，嗖嗖几下上树了；李山戴着鬼面具吓坏了璐子同桌的女生，璐子二话不说直接把李山揪到了学校后面的野坟边，一脚把他踹进旁边的坑后撒腿就跑，把李山一个大男生给吓得一路抽抽搭搭哭着回来了，至今沦为笑柄。像这样的事例举不胜举。

但这些对璐子来说都是小儿科，她的最“二”之处不在这里。

璐子的“二”不像别的女孩带着一股娇萌劲儿，顶多算调剂生活的情调小料。她的“二”是伤筋动骨型的，纯属顽疾，一不小心便主导了她人生的一处拐弯，看得人心惊肉跳。

其中最让人印象深刻的，是她在和菜头的婚礼前临阵退婚。

初中的菜头瘦瘦小小，鼻梁上架着一副眼镜，面容瘦黑，五官清秀，坐在紧挨老师讲台的前排，成绩很好，每次考试排名都稳居班级前五，是班主任寄予厚望的苗子之一。这样的男生，似乎每个班上都会有几个。

璐子是另一类，大眼睛，苹果脸，爱笑，平时一叫她转过来的都是一张笑得眼睛像弯月的脸。璐子不丑，也不算漂亮，和她的学习成绩一样不起眼，掉到人群里就捞不出来了。

小地方民风淳朴，早恋如疾，同学们避之不及。谁也不知道璐子跟菜头是怎样悄悄对上了眼的。

直到中考过后，眼尖的同学发现璐子和菜头手牵手站在学校背后的小河边，璐子在哭，菜头在笨拙地为她抹眼泪，他们的恋情才公之于众。

璐子哭得很不像平时的她，羞涩而依人。菜头则动作异常温柔。哭是因为要分道扬镳，菜头考上了市重点高中，璐子只能上镇里的普通高中。

反正不能和菜头在一起，璐子也不是很爱学习，她决定跟着表姐去深圳那边的一家眼镜厂打工。家里人劝了又劝，拿璐子没有办法，只好同意。

菜头把璐子揽在怀里，情深意切地说："分开都是暂时的，我们最后还会在一起。璐子，我的人生等着你。"

我的人生等着你，这是璐子听过的最动人的情话，从此她牢牢记住了。这一记，就是小半生。

伴随初中毕业，同学开始划分出人生最初的三六九等。

璐子在眼镜厂打了六年工，从流水线工人升到负责检验成品质量的质检组长。

这六年，菜头念完了高中，顺利考上了广州的一所大学。

谁都知道菜头去广州念大学是为了离璐子近一点。青梅竹马，在很多人成年后回头看去就是个笑话，更何况是一个正牌大学生和一个只有初中文凭的打工妹。同学们都唏嘘，璐子遇到了好人，菜头竟是这样一个有情有义的男生。

易求无价宝，难得有情郎。年近二十的璐子愈发爱笑，一张苹果脸，笑起来飞起两片淡淡云霞。

工作六年，璐子经手的眼镜架能堆成山。和其他同事的不耐烦相比，璐子拿起放下待它们都很温柔。

这不能怪璐子的同事们，当别的同龄人还在象牙塔悠然学习和恋爱的时候，他们的人生里只有怎么做也做不完的流水作业，青春全献给了这些他们这辈子看起来都不可能用到的近视眼镜架。而璐子想，也许其中会有一副正被菜头戴上。这样一想，动作就忍不住饱含温柔。璐子喜欢菜头伸手顶一顶鼻翼上滑下的镜架的那个动作，看起来文质彬彬。

璐子手下的员工都知道，组长有一个戴眼镜的大学生男友。每当发现组长又对着镜架发呆或微笑的时候，他们就知道，她又在想他了。

璐子刚进厂的时候工资只有一千多，做到组长后就有五千多了，这在当时绝对算高收入，让我们这群还在象牙塔里啃老的同学们很是羡慕。

但是好不容易做到组长的璐子，高工资才拿了两年就辞职不干了，回到了我们的家乡小镇。

原因是菜头的妈妈病了，动了手术，一时半会儿在病床上起不来。菜头父母离异多年，是他妈把他一手带大的。如今菜头妈身边没人照顾，璐子便主动去照顾她。

那一年，我们大三。同学们都很吃惊，但一想菜头这么多年都一直没有变心地守着他的小初恋璐子，菜头的妈妈也算难得，从头到尾一直没有反对过他俩，大家也就理解了。虽有现实点的同学私下说，打工妹能套住一个大学生，璐子做点牺牲也划算。但更多的同学心思还是纯净的，都被他们俩的爱情长跑所感动。

明年菜头就要大学毕业了，将走向社会，承担起一个男人的角色，他和璐子也终将走入幸福的人生殿堂了吧？璐子和菜头，在那段青涩时光，曾给我们很多人的爱情观带来美丽信仰。

菜头的妈妈是个淳朴的老太太，见璐子专门辞了工作来家里端水倒尿地照顾她，心里很过意不去。老太太吃力地拄杖下床，抢过璐子手里的便盆，要自己去倒。

璐子一边抢过去一边笑她，说："阿姨，五谷杂粮出来的东西不都一样啊？你还想产出香料来不成？那我可要偷偷卖钱去。"

老太太被逗笑了。看着璐子端着便盆出门的身影，老太太坐在床头抹了抹眼睛。

镇东头有人买了四头奶牛回来，养在院子里卖新鲜牛奶。这在当时的小镇是稀罕物，好多人都舍不得给自家孩子买。璐子每天去打一瓶，回来煮了亲眼看着菜头妈喝下去，说老年人必须得补钙。

菜头妈待璐子也好，老人家坐床上干不了别的，就天天织毛衣。菜头妈手巧，照着从隔壁家借来的杂志，给璐子织了好多件毛衣，开衫、套头一字领、麻花辫织……很多款式，还有一件当时很时髦很引人注目的黑斗篷。那个深秋，璐子高高兴兴地穿着新毛衣出门，每件都有人夸好看。

菜头妈身体好得差不多了，璐子就去找菜头了，直奔广州找工作。

菜头妈把她送到车站。车开的时候，璐子旁边坐着的大姐问璐子："那是你妈吧？"

璐子还没来得及说话，大姐又说："看你妈的眼神就知道了，只有自己妈才会那样看女儿。"

车开出站了，璐子回头看，菜头妈还站在那里看着她，小小瘦瘦的身形，如同孩子一样。

璐子到了广州，找了个在商场钟表专柜站柜台的工作，在上班楼附近租了间一室一厅的老旧居民房。

菜头每到周五就跑过来，喝着璐子给他煲的汤，用丰盛的家乡菜润润被学校食堂寡了一周的肠胃，饭后两人手牵着手压马路，逛遍周边所有的公园。

那段时间，璐子很快乐，她的 QQ 空间时不时更新照片，全是两人的各种合影。小日子不亦乐乎。

直到后来菜头临毕业忙着交论文找工作，不能每周末都泡在璐子那里了。QQ 空间里的照片才慢慢少起来。

菜头毕业第二年，他俩终于长跑触线，要结婚了。一些不看好他俩一直为他俩操着心的同学们也松了口气。

那阵子，璐子没事就傻兮兮地在群里请几个关系好的女同学一起帮她在网上选婚纱。菜头妈也很高兴，有天她在镇里最贵的家居店里盯着一个欧式风格的白色雕花梳妆台左右看被李山妈碰见了，菜头妈满面喜气地说："菜头他们要回来结婚了，我给我家璐子看个梳妆台，女孩家家都爱漂亮，她回家来了能用上。"

大家都很唏嘘，要是每桩婚事都像璐子和菜头这样就好了。在我们那个小地方，每每到谈婚论嫁的时候总要散几对，多半是为了彩礼问题。

谁也没想到，璐子也不能免俗，好好的婚事闹到后面竟黄了。

原因是回老家办婚礼前，璐子突然不肯要菜头私下买好的黄金婚戒，一定要买一枚钻戒。菜头妥协了，璐子在她上班的商场转了一圈，伸手便指了一枚硕大克拉钻戒。菜头的家境璐子不是不了解，刚毕业一年多的菜头自己也没几个钱。菜头气得直骂璐子虚荣。璐子态度很鲜明：随便你怎么说，但没有那枚戒指就坚决不结婚。

菜头一怒之下提了分手。璐子更决绝，二话不说当晚就从两人的出租屋里搬了出去。

几天后，"二"到无穷的璐子索性从单位辞职，踏上了去北京的火车，成为北漂一族。两个人的关系自此算是走到头了。

就在那年，李山回老家过年的时候，在街上碰到了菜头和他的新女友，后面跟着菜头妈。

女孩个头不高，穿着很时髦，是菜头同事，广州本地人，据说家境殷实。两人举手投足间很亲密。

菜头带着新女友走开的时候，菜头妈就拉着李山的手打听璐子的消息。

她对李山说："你们是同班同学，璐子跟我说过你们这帮同学关系好，你帮我劝劝她。年轻人哪有不闹别扭的，菜头这孩子不懂事，是我没教好他，你让璐子别计较，看在我的分儿上，要是还愿意和菜头过下去就回来吧，我等她呢。"说着说着就红了眼睛。

菜头妈在路边扯着袖子一边擦眼泪，一边小声同李山说："你跟璐子说一声，戒指我给她买，我在攒着钱呢。她去广州以后，我每天早上都在市场摆摊卖青菜，每天晌午卖完菜我就回家织毛衣，我侄女替我在网上卖，销量挺好，也赚了不少。那钱我谁也不给，我就留给她买那戒指。"

李山摸了一支烟出来，望着天空拼命吸，害怕一低头眼泪会掉下来。

回到家，李山就联系璐子。发短信不回，打电话不接，QQ 上也没人理。李山气得不行，在 QQ 上劈头盖脸地把璐子骂了一顿，末了还给她留一句：不作死就不会死说的就是你这种不懂珍惜的人你知道吗？！

璐子始终没回他一个字。

那一年春节，璐子一个人在北京过的。在没有暖气的冰冷地下室里，璐子裹着棉被，在手机 QQ 上看着李山给她的留言，逐字逐句地反复读菜头妈说的那些话，哭得天昏地暗。

后来，璐子还是戴上了大钻戒。

八十六分的 G 级主钻，周围镶嵌一圈碎钻，出自某国际知名品牌，做工与设计一流。

戒指在璐子的手指上熠熠生辉，她的空间照片下面大家一片赞叹。在与菜头分手一年后，璐子慢慢又回到了大家的视线里，依旧一派"二货"范儿，活力无限。

戒指不是菜头买的，也不是别的男人送的，是璐子自己买的，用自己穿着高跟鞋在商场一个个八小时站下来、辛苦工作了两年多攒的钱买的。

北京某奢侈品专柜的普通柜台员工璐子，有了我们全班女生里最美的钻戒。

在北京的这两三年，璐子过得很辛苦。从开始落魄地四下找工作，到后来白天在商场站柜台晚上忙着自学成人考试；从开始租住在郊区的地下室、需要凌晨起来公交车倒地铁地赶去上班，到后来能在离单位半小时车程的地方租一间老旧居民房。璐子在北京的生存过程，就像一只蝼蚁慢慢从城市的缝隙里攀爬到地面上。

在这样辛苦的攀爬里，她舍不得吃舍不得穿，省下来的钱居然是为了给自己买枚钻戒。

还有比璐子更“二”的姑娘吗?

大家都不能理解。简单粗暴的李山更是直接冲到璐子那张照片下留言：二货璐，请问你脑子是出水痘了吗?

璐子才不管大家怎么想，她自顾自地美。

璐子和菜头之间的那些事，后来大家还是知道了。

我们初中时，菜头家境很不好，菜头的单亲妈当时连供他上高中都很困难。璐子成绩和家境都一般，但像很多人一样上个普通高中再混个三流的大学还是没什么问题的。

为了菜头，璐子放弃了像绝大多数同学一样上学的机会，她对家人称自己对学习毫无兴趣坚持要去打工，早早辍学。在眼镜厂工作的那些年，璐子时常加班加点，一直瞒着家人从自己的工资里偷偷汇钱给菜头。是璐子一路把菜头送进了大学，又供他到大学毕业。

在熬过最辛苦的那些年，终于等到与菜头的婚期前夕，璐子发现菜头的心思游离。多年来，她第一次偷偷翻看了菜头的手机和QQ，发现了菜头和单位女同事半年多的情感纠葛。菜头对那女孩说，他必须娶璐子，出于道义和良心。

璐子悄悄哭了一夜，然后在第二天声色俱厉地去向菜头索要那样一枚钻戒。

她知道，当时的菜头无论如何都买不起。她要的就是菜头不能容忍她的蛮不讲理、自私虚荣。她要的，就是那一句分手。

知道了这些事的同学都很难过，有些人还忍不住为璐子掉了眼泪。

但没有一个同学冲去骂菜头，包括一向毒舌的李山。

也许，正是因为看见了璐子那样深沉的呵护吧，谁也不忍心去伤害被璐子那样爱过的一个人。

那笑起来没心没肺的姑娘啊，独自走过了一段情感的初春与寒冬，宁愿成为别人眼里不可理喻的姑娘，也不愿出言一声伤害自己所爱之人。

在听到他们之间故事的时候，我突然想起璐子曾经在微博里写过的一句话。我翻了很久才把它翻了出来，那句话是这样写的：爱情从来不是雪中送炭，爱情本是锦上添花。当我自己还不是一块锦的时候，我原谅，你花开别处。

我的眼睛湿了。璐子啊璐子，在这段横贯你整个青春的爱情里，你不知道自己已被雕刻成沉默而明亮的钻石，每一面的剔透，都来自爱情最纯净的无私，和世事最疼痛坚硬的切割。

二〇一三年的十月，菜头结婚了，赶着热热闹闹的黄金潮。

菜头是奉子成婚。前些年菜头妈一直不愿意接受儿子的婚事，每每提及总是哭哭啼啼，菜头只好作罢，心里知道她是因为璐子。后来见女孩怀上了，菜头妈也不得不点头。

只是婚礼上，那倔强的老太太还是没有出席。面对诸多询问菜头妈的来客，菜头只能神情尴尬地解释她最近身体不好多站一会儿就吃不消。

璐子去了婚礼现场，给新人包了一个大红包，手上戴着那枚亮闪闪的大钻戒。

新人酒敬到璐子的时候，新郎眼睛红了。璐子大大方方地举杯，说道：“新婚快乐，一生幸福。”

举杯一饮间，笑容明净。

这样的姑娘若在人世间得不到幸福，说出来鬼也不会信。

而我，大概此生都会记得，有个姑娘叫璐子，她有一枚全世界最美的钻戒。

爱·谏言

每个人的生命里都有需要自己独自淌过去的冰凉河水，再温暖的旁人也无法陪她走那一程。

曾经我离开你会死

我的大学同学蒋汀汀是我见过爱得最张扬的姑娘。

我去打开水的时候，经常会遇到蒋汀汀，瘦小的她手里拎着四个水壶，像一根弱藤上不小心结多了瓜，其中两个自然是她男友宋波的。在路上、在宿舍楼道、在水房……碰到宋波不在蒋汀汀身旁时，她总是在同宋波通电话，语调糯糯的，抽空抬头给你一个甜甜的微笑，并不会因为遇到熟人就像别的姑娘一样不好意思地低压声线或草草挂断。在学校食堂，常常碰见蒋汀汀热情地夹菜喂到宋波嘴里，一边夹菜一边说："宋波，吃这个，这个好吃。还有这个，这个。"

蒋汀汀便是这样，恨不得把全世界的好全部打包塞到宋波怀里。宋波和我们同系，他俩一天几乎有一半的时间是在一起的。

蒋汀汀开口就是"我家宋波"。宋波送她的小东西，从路边折来的一枝花到上课时用纸给她折的一只手镯，蒋汀汀都兴高采烈地拿回宿舍给大家看。

"我家宋波，我家宋波。"在这个什么都变得特别快的年代，听得女孩们都为蒋汀汀捏把汗。

有嘴比较贱的女同学就问她：“如果有天他不爱你了，你会怎样？”

蒋汀汀的脸刷一下白了。

“会死！”蒋汀汀答得很干脆。

会死，这两个字像把重锤，一下雷得大家说不出话来。

蒋汀汀这样的傻姑娘，有时候也让宋波啼笑皆非。

蒋汀汀周末回家，宠溺她的父母带她到一家很贵的酒店去吃海鲜，点了只大龙虾，蒋汀汀吃完觉得好吃，缠着父母再点一只，说要带回学校吃。宋波把蒋汀汀神神秘秘递给他的那袋东西拎回宿舍，揭开三层食品袋，就看见里面那只张牙舞爪的巨大龙虾。宋波瞬间就蒙了，家境普通的小城孩子何曾见过这玩意，宋波压根不知从何下嘴。幸好同宿舍的胖熊比较馋，他家境好，对这等美食见怪不见，第一时间就率领大家扑了上去，迅速瓜分了那只虾，并本着瓜分者的良心把手里最肥的两块肉扯给了宋波，这才化解了宋波的一场尴尬。

两人约会，宋波和宿舍一票兄弟一起下楼，走到楼下一见面，蒋汀汀就说：“起风了，你怎么才穿这么点啊！快快快，上楼换衣服。”

宋波不愿意回去，蒋汀汀坚持不肯走，宋波没办法，只好妥协了，当着众弟兄们的面灰溜溜转身回去加衣服。宋波一边上楼，一边觉得自己的背影特别像幼儿园的乖宝宝，很没面子。

宋波逃课打游戏被抓住，辅导员要处罚他。蒋汀汀背着他偷偷跑去求辅导员，不答应撤销处罚就泪汪汪地站在办公室里不走，弄得辅导员实在没办法了，只好答应。事后，辅导员私下给男生们开会，以后谁犯错都不许派女生来求情，尤其是不能派女生站在他办公室哭，影响不好。

宿舍卧谈会聊女友，说到蒋汀汀，宋波经常都是叹口气，只道：“哎，我那个傻妞。”

不止宋波，大家都觉得蒋汀汀在爱情里有点傻。

系里几个男女宿舍联谊，大家一起出去玩。宋波宿舍的男生逗蒋汀汀，把一袋沉沉的水果递给蒋汀汀，说：“你家宋波最爱吃的菠萝。”

蒋汀汀一听，笑眯眯就接过去了。宋波手里也有东西，没法帮她拿，蒋汀汀拎了一路，手上勒出几道红印子。

架起锅野炊的时候，大家都懒，只想躲到一旁打牌聊天，于是负责做饭的同学就喊蒋汀汀：“汀汀，你是不是会做饭？让我们跟着宋波一起尝尝你的手艺吧！”

蒋汀汀乐呵呵地把牌往宋波手里一塞，就跑过去接手了，换那同学躲到一边翘着二郎腿晒太阳。

吃完饭，要清理垃圾，轮到前面没干活的同学负责。有人又喊蒋汀汀。这次宋波不高兴了，把蒋汀汀往怀里一揽，不许她去，吼道：“你们为什么都欺负汀汀？干什么都叫她，自己没手吗？”

那同学讪讪地解释是同她开玩笑的。蒋汀汀连连摆手说：“我没事，没事的。”

宋波就是不许她去，宋波说：“我不管，谁也不许欺负我女人。”

蒋汀汀羞涩地在宋波怀里低头笑成一朵花。

同学们在一起开玩笑，有人拿了隔壁学校校花的照片问众男生：“你以后媳妇儿要长这样，让你每年都有挂科的科目你干不干？”

宋波嘴一撇，说：“不干，又不是迅哥儿。”大家都知道，宋波喜欢周迅。

蒋汀汀坐在旁边，一下急了眼，喊道：“那意思是周迅你就娶了啊？”

宋波连忙把话往回圆：“不娶不娶，我就娶你，除了你谁也不娶。”

蒋汀汀还是不高兴。

宋波指天发誓说：“我宋波除了蒋汀汀这辈子谁都不娶。蒋汀汀要是不嫁我，我这辈子就是个老光棍。”

蒋汀汀扑哧一下笑了，推搡他一把，红着脸说：“谁要你咒自己老光棍！”

就是这样的两个人，最后还是没有在一起。

大四那年，宋波爱上了自己的高中同学。其实应该算是爱火重燃，对方是他高中时没有表白的暗恋对象。大四寒假时两人在回家的火车上碰到，宋波才知道女孩高中时也喜欢他，两人的爱火就在火车的咣咣声里擦燃了。

最先知道这事的是宋波宿舍的那几个兄弟们。他们一屋子弟兄关系好，晚上熄灯后的卧谈会上无话不说。

大家都在戏谑宋波姑娘美不美，以及忙着笑话宋波高中时的胆小不敢告白。只有胖熊从角落里幽幽地问了句："那蒋汀汀怎么办呢？"

这一句问出来，整个宿舍都寂静了。

那一阵儿，男生们看蒋汀汀的目光都带些同情。

蒋汀汀还是每天兴高采烈地到男生宿舍楼下拎宋波的水壶，每次回家就大包小包地给宋波拎好吃的。

宋波说："我可以自己打水。"

蒋汀汀说："你粗心，别烫着了，反正我自己也要打的。"

宋波说："我不爱吃零食，你自己吃吧。"

蒋汀汀说："这椒盐核桃是我妈自己炒的，壳薄，一捏就开了，还有这个梅菜肉烧饼，是我爸出差从浙江带回来的，西安买不到，可好吃了，不信你尝尝。"

宋波终于受不了了，说："蒋汀汀，你不要对我好了，我爱上别人了。"

蒋汀汀的眼泪一瞬间就涌出来了。

蒋汀汀说："你为什么要告诉我呢？我可以假装不知道的。"

那天宋波也哭了，但他坚持要分手。

最后，蒋汀汀只是定定看了宋波一会儿，就沉默地转身走了。

宋波不放心，跟着她出了校门。一路上，路过的同学们都盯着蒋汀汀看。宋波知道，那是因为蒋汀汀泪流满面。

在校门口，宋波遇到了胖熊。胖熊见了两人的模样，宋波递过去一个请求而无奈的眼神，胖熊就心领神会地跟上了蒋汀汀。

胖熊一路跟着蒋汀汀。蒋汀汀从理工大学徒步走到八仙庵，又从康富路走到东大街，东南西北四个大门走一圈，逛罔极寺。

从上午十点半到晚上七八点，蒋汀汀一直走着，都没停下来吃一顿饭。胖熊饿得前胸贴后背，两条腿像灌了铅。但前面瘦瘦小小的蒋汀汀就像一节南孚电池，还自带充电系统。

斜斜照下来的橘黄路灯下，胖熊一心只想冲上去，不，是爬上去，抱着蒋汀汀两条腿跪地号哭，求女侠饶命打道回府。

前面的蒋汀汀突然停了下来，转身往后看，胖熊吓了一跳。夜色里，蒋汀汀似乎笑了笑，对离她二百米之遥的胖熊招招手。

胖熊愣了半天，傻傻地跑上前去。

蒋汀汀温和地跟他说："你别跟着我了，你回去告诉宋波，我不会去死的。"

蒋汀汀和宋波四年的校园恋情就这样结束了，胖熊是最后的目击者。

在毕业前夕的那些日子，失恋的蒋汀汀更瘦了，瘦成一枝扶风柳，我见犹怜。活泼开朗的她一下子沉寂下去，变成我们宿舍最文静寡言的姑娘。

那阵子，我们宿舍所有人都有些恨宋波，恨他怎么忍心辜负蒋汀汀这样掏心掏肺对他好的姑娘。

宋波对他们宿舍的男生说："我已经爱上别人了。我心里装着别人，再和蒋汀汀在一起，那就是骗她。我如果骗了她，却不能骗到底，我就是对她最残忍的人。我已经伤害她了，不能再继续做一个残忍的人。"

宋波还说："如果真的想对一个人好，和她分手只能分一次，让她心存期待，比什么都坏。"

这些话是胖熊传出来的。我知道，胖熊是觉得带着恨行走的人会特别辛苦，他希望蒋汀汀轻快地向前走。

毕业两年的时候，宿舍女孩聚会，我又见到蒋汀汀。她更瘦了，瘦得两眼晶晶发亮。

和宋波分手后，蒋汀汀一直没有交新男友。

每个人在爱里跌倒后复原的时间都不一样，有些人只需短短几天，有些人需要的时间却特别长。或许，那些在爱里付出越多、向着对方走过去越深的人，找回自己的时间总是更长一些。

有人聊起城北的一处湖面蹦极，蒋汀汀显得很有经验。大家都很诧异，蒋汀汀有很严重的恐高症，大学里宿舍人一起去玩时遇见没有扶手的楼梯，蒋汀汀都是像只小螃蟹一样横着脚走的。

蒋汀汀淡淡一笑，说："和宋波分手时去跳过几次。"

原来，每个人的生命里都有需要自己独自淌过去的冰凉河水，再温暖的旁人也无法陪她走那一程。

一个心如死灰的女孩，站到了六十多米的高台上，迎着烈烈风声，跳下去，跳下去。像一个完结。她所有的泪水都洒在了那片湖里。在那短暂的时刻，世界属于她一个人，不惧伤害，无谓失去，爱人在空气和风里，最温柔的拥抱永不逝去。

直到双脚落到地面上，她又活了过来。在一场心脏的破裂和重组里，以新生的样子去面对眼前的路。

那一场失恋里，其实她已死去很多次。

我看着蒋汀汀，突然觉得，其实她长得有点像周迅。不知道是不是所有在爱里专注而张扬的女孩，都有这样类似的一张脸，亮晶晶的眼睛，以及线条清晰倔强的唇线。

我们毕业的第六年，宋波结婚了。

新娘不是他的初恋，也不是我们认识的任何一个女孩。宋波的室友在我们同学群里发了他们的婚纱照，新娘长得圆圆润润，像一粒硕大的珍珠，满脸正房相，很有福气的样子，和单薄灵秀的迅哥儿不同。

一向不爱在群里说话的蒋汀汀那天冒了个泡，她说："新婚快乐。"

那天，我正听到一首新歌。歌里唱道：

好多相似的温柔，也有不一样的难过。我们都被忘了，都被忘了很久，时间就是一段路的小偷。我们都被忘了，都被别人忘了，爱情该用多少字来形容。

我翻来覆去地听，不知道为什么，觉得好难过。

我们所有人，都记得蒋汀汀那一天的表情。

"如果有天他不爱你了，你会怎样？"

"会死。"

我们都记得宋波把蒋汀汀揽在怀里，说"谁也不准欺侮我女人"时的样子。

我们也都记得，宋波对天发誓说"此生非蒋汀汀不娶"的样子。

当一切结束的时候，我们都成了最孤独的见证者，替当事人守着谁也不会再开口提起的誓言。

原来，再深再痛的爱情之后，也没有人会死。他离开了她，她也必须好好活着。天好，地好，只不过天地间失了些颜色。

原来，没有谁生命里必须有谁。

二〇一一年，蒋汀汀嫁人了，赶在世纪光棍节前告别了女光棍生涯。

新郎是胖熊。他还是那么胖，穿着白西服走向蒋汀汀的样子，像一只眼里贮满了蜜的大白熊。

整场婚礼，胖熊笑得下巴快要砸到脚面上。我旁边坐了几个他的高中好友，在那里悄声说："胖熊爱这新娘子爱了九年了。"

婚礼上的蒋汀汀笑得一脸温婉，望向胖熊的眼里，柔情含蓄。

她再也不是当初那个会对着众人笑得心无城府、赤裸裸晒爱情的女孩了。

我想，她应该是爱着的吧，爱上了一个一直守候在她身边、温暖宽厚的怀抱。因为像她这样的爱情动物，唯一的归宿就是投奔爱情。

只是，她再也没有力气在爱里奔跑和欢声歌唱了，因为途经了一场用力过猛的爱情。

时间流过去，流过去，那些在爱里曾用力过猛的女孩，后来都去了哪里呢?

我们经过的那些伤口，终究都会在时间里痊愈。我们生命里那一个以为没了他就会死的恋人，却再也不会有了。

那个喜欢过周迅的男生早已为人父了。

那个在爱里嫉妒过周迅的女孩嫁给别人了。

只有那个叫周迅的女孩的爱情还在流浪着。

二〇一四年，我写这篇文章的时候，周迅宣布了她的新恋情。几乎我身边所有朋友都上微博页面为她点赞，所有人都希望周公子收获幸福。因为只有她，一直在深信爱情。

爱·谏言

这世上的温柔有时，离散有时。他的温柔你途经过就好，不要因为曾经得到，就从此陷入悲伤。

有些温柔，你途经就好

钟芫 28 岁的时候，活得像一只斗鸡。

钟芫年纪轻轻，在一家规模不小的公司做销售部门经理，领着一群年龄从青瓜蛋子到哥姐叔婶的员工，打交道的客户都是些生意场上跌打滚爬过的老狐狸，早已深刻懂得了弱肉强食的道理。钟芫气场很强，公司里再油腻的老员工，在钟芫正色说工作事宜的时候，也没有敢戏谑花腔的。在老客户那里，钟芫亦颇有声名威望，没人会小觑这个年轻的钟经理。

钟芫和老曹偶然碰见过几次，两人都是很礼貌客气地点头微笑就各自忙去了，话也没说过几句。老曹公司的业务量对钟芫公司来说很小，那些业务也都是由他俩各自手下的员工对接的。两人谈不上熟，也就是人海里打一声招呼的交情。

钟芫第一次和老曹走近，起因还是工作上的事情。那次两家公司一起给第三方做的项目出了点问题，验收多次不过关，第三方提出双倍赔偿威胁。两边负责协调的员工都是新人，门道不熟，心粗气浮，一见出了事都把心思都花在了互相推诿责任上，正事解决不了，反倒越拖越僵。钟芫得知情况那天，便立即带上了当事员工，约上老曹公司那个员工，亲自领着他俩一起到第三方公司把问题当面协商解决了。

回到公司，钟芜把员工径直带进办公室狠狠教训了一通。钟芜生气的不是员工能力不行，而是在工作中态度轻浮不分轻量耍花枪的人。

老曹在外地出差，那天刚巧回西安，一进了公司听说了这事，立刻领着自己手下——那名涉事员工登门道歉顺便道谢。老曹敲门时听到钟芜骂手下正骂到激昂铿锵处。

钟芜开了门，对老曹点点头，请他们落了座。对自己员工的数落却没有停的意思。那话听在老曹那名员工耳朵里，是颇有点指桑骂槐的意思，偏偏说得又全在理。随着钟芜拿着资料的那只手颤抖地指过来，老曹手下那名员工头越垂越低，臊得抬不起头来。气头上的钟芜这是摆明了不想给老曹面子。

钟芜训累了停下来，才有心情去看老曹的反应。老曹却是突然起了身向她走去，他的脸离她很近，钟芜心下一惊。

“你手流血了，疼不疼？”老曹盯着她的手说。原来钟芜刚才情绪太过激动，被纸划破了手指都没有留意到，一道细小口子，血正蜿蜒从她指尖上流淌下来。

钟芜没感觉手指疼，老曹的眼神却是惊了她一跳的。那眼神她后来很久都忘不掉，一想起来心口就像是被一只肉乎乎的小手去了一拳，软软下陷。

那是老曹这个人的长相第一次印进了钟芜的脑海里。那两名年轻鲁莽的员工，就这样阴差阳错地成了他俩的牵线月老。

有人说，你生命里遇到的每个人都是来改变你的。这话钟芜之前不信，在遇到老曹之后就信了。对钟芜来说，如果过去她是一块棱角分明的石块，那老曹就像一条汩汩溪流，温柔不倦地流经浸润，渐渐抚平了她所有棱角。

老曹是个舍得在爱里用心的人，仪式感很强。两人在一起以后，这世上的节日除了清明节几乎大节小节都和钟芜有关，老曹不是早早在餐厅定好位就是提前回家做烛光晚餐。钟芜从老曹那里收到的礼物很多，三天两头，从名牌包包到星空夜灯、小布娃娃都有，两年里她得到的礼物比认识老曹前的小半生都多。

钟芜胃不好，老曹每天给她做早餐。有时候钟芜回父母家住，早上上班的时候老曹一定会打电话查岗问她有没有按时吃早饭，没吃的话老曹马上就要下楼买了开车送到钟芜办公楼。

钟芜在老曹的爱里得了那么多的温软，自然也一天天变得柔软起来，唇角整日含笑，对员工也大比从前温柔耐心。钟芜开始觉得，原来无论是工作还是生活里，大多数问题本身都是没有那么凌厉急迫的，只要标的鲜明走过去，姿势柔软一些也是无关紧要的。钟芜手下的员工都在背后开玩笑说老曹是他们部门的活佛大姐夫。

只要在老曹面前笑起来的时候，钟芜就发觉自己之前好些年的笑其实都算不得笑容，只有这种从眼睛里溢出来的快乐才算数。

老曹就像是她和这个世界放弃对峙、和解拥抱的通道。

你要问变数从何开始，每对走过相爱又走到分手的情侣其实多半回答不上，年轻气盛时人人都觉得不是自己的错。要仔细追究起来，那就是时间和欲望都太强大，而人们的耐性与初心都太薄弱。

钟芜的心和身段都放松到十分甜软的时候，老曹开始有了倦怠。钟芜开始慢慢替换了老曹，成为这段关系里的主要付出者。叮嘱早餐、用心策划烛光晚餐、看见什么好东西都想买给对方的那个人变成了钟芜。

多少爱情关系都是这样，三十年河东，三十年河西，望见了河西，也就多半近了夕阳。

当心动的感觉一点点消失，他们成了比拼耐心的人。两人在风筝线的长短拉锯里，都渐渐忘了最初爱上对方时的样子。

最先从这段关系里醒过来的人是钟芜。

那时候老曹的公司小有了几分声色，来找他公司做业务的客户也很多。其中有个电台的女主播，人漂亮，也开朗机灵，很得老曹赞赏。见效甚微的电台广告，老曹不太大的公司半年里就陆续投了三十万。人人都看得出老曹对那主播有几分真心倾慕。他偏夸她，夸到钟芜面前也不介意。老曹在钟芜面前夸赞那主播，说她虽然年轻但心意深沉，还说那主播行事聪敏，刚柔并济，不折身段便能斡旋那些形容的话语，正是钟芜平日里从别人那里听惯的奉承话。正开车的钟芜轻轻扫了一眼副驾有几分酒意的老曹，想起一句老话“终日走红尘，不识自家珍”，心里就生出了一些荒凉。

那天钟芜正是姨妈期，开车时一路小腹疼痛。路过一家糖水店时，钟芜把车停在路边，让老曹下车去马路对面替她买一杯桂圆红糖枣茶。老曹看了看车水马龙的马路，往背椅里窝了窝：“一会儿到家了给你煮。”

钟芜心里有些堵，撒娇说道：“不，我肚子疼，现在就想喝嘛。”

老曹突然有了几分愠恼：“你怎么这么娇气？一天林妹妹似的烦不烦？你看人家都不像你这样！”

钟芜看着散发着酒气不耐烦地把头扭向窗外的老曹，沉默了。

身边这个人，不再是从前那个在她生理痛时半夜也要起来给她灌热水袋的男人了。是她一直蒙着眼睛不肯看，不肯承认他其实早已不是那个心疼她太好强、哄着她、宠着她、希望她在他面前做小女孩的人了。

记忆中的那个人，是她此生永失的珍宝，而前这个男人，不过是茫茫人海中与之拥有同样皮囊的人。

钟芜走得很决绝。

分手两个月后，老曹思来想去，追悔万分，想要追回钟芜，钟芜拒绝得很彻底。

钟芜拒绝老曹时礼貌微笑着却冷淡坚硬的样子，让老曹想起了他第一次在钟芜办公室见到她时的模样。

那时候的老曹一眼就看到了钟芜刚凌的外表下让他心疼怜惜的柔软部分。钟芜的那部分老曹现在依然看得到，但是再也触不到了。她是他曾捧在手又弃之如履的，从此皎月清风遥不可及。

两年后老曹又恋爱，已学会了在亲密关系里亦要谨行，偶生倦怠即会提醒自己审视珍惜。

老曹后来的女友小他三岁，我朋友的妹妹，一个乖甜温和的女孩，常说老曹是自己见过最温柔的男人。

老曹结婚时，钟芜去了。酒席上我与她同桌，看得出她的微笑和祝福都很真心。

后来机缘巧合又数次遇见，我和钟芜成了朋友，是那种可以一起坐下来慢慢喝一壶清酒的朋友。

后来听钟芜说起那时的老曹，她说她没有后悔过结局，她是曾在他的爱里得到过宝藏的人，她见过宝藏最美的样子，不能再甘心看着珍宝蒙尘。对她的这一场爱过来说，最欣慰的，无非是看见在她之后，他还能这样温柔地爱人。

看着老曹最终娶的是他愿意付诸温柔的人，这样真好。钟芜说，她知道，有一天，她也会嫁给这样的温柔。

对一场爱过来说，最慈悲的，是虽然没有童话里的美好结局，却也没有损伤过对方的爱情信仰。

这世上的温柔有时，离散有时。他的温柔你途经过就好了，不要因为曾经得到，就从此陷入悲伤。若不能成为彼此天空的星辰，我们不黯淡它便好。

爱·读言

在一个人的暗恋里，住着全世界所有的山高水长。

你是我的最高分

我的初中时代，同学们集体困惑的事情有两件：一是为什么食堂的饭菜那么难吃但每日都能卖完；二是我们班人气最旺的男生为什么是我的同桌——活宝兼闷葫芦张宝钟。

张宝钟同学的校园时光堪称传奇，直到现在，他的学业“伟绩”还被当年的老师同学当成段子讲。

张宝钟少爷的面相比大家都老成，据说是因为小学一年级曾连蹲三年，后来他爸急了，托了关系不管及不及格都让他跟班上，才一路混了上来。初中三年，张宝钟在我们班考试一直都是倒数第一，唯一一次勇夺倒数第二，是因为班上有个人缺考。张宝钟的水平发挥之稳定，让他的好兄弟、我们班经常考倒数第二的李山倍儿有安全感。

比考倒数第一更传奇的，是张宝钟每次的考试成绩都是个位数，并且是无限接近零的个位数。张宝钟最大的憾事之一，是试卷上从未见过两位数。要不是跟张宝钟同桌，我肯定以为这种学渣中的 VIP 肯定是谁闲着无聊编排出来的。

我很好奇，曾经特地请教过张宝钟：“一张试卷里选择题和判断题是二十分，其中十道题是判断题，非钩即叉，你是怎样做到错误率百分之百的？”

话说打人不打脸，戳人不戳伤心处，老实人张宝钟谈到这事儿就很委屈，眼圈儿都红了。他瓮声说：“我怎么知道！老天爷跟我过不去，我打钩答案偏是叉，我要是画个叉答案肯定是钩，好不容易有两道打叉的蒙对了，批卷老师还嫌我连笔不肯给分！”

我忍着不笑他，因为手里还握着张宝钟买的冰激凌。

冰激凌在那时候是稀罕物，我们身边的同学也人手一个，个个红脸憋着笑。吃人嘴软。

只有一个地方毫不留情地冒出了“哈哈哈哈哈哈”的爽朗笑声。笑的人是坐在离我们一桌之遥的女班长小辣椒，嘴上还沾着一撮奶油。

张宝钟祖上可能是孟尝君，非常热爱请客，而且很讲究规模。每次请客，以他为圆心，放射性辐射，周围十来个同学都进入福利范围。

张宝钟的爸爸是小镇比较早先富起来的人，在省城做生意，跟老婆平时无暇顾家，就爱用人民币证明感情。他对两个儿子有求必应，尤其是张宝钟。

张家两个儿子，老大张宝钟是他心目中最有出息的那个。张宝钟也就是爱考个位数，至少不惹是生非，不像他弟弟张肃钟。

哪次张爸回来，家门口没人排队等着告张肃钟的状，张爸就想去祖坟上烧个香。张肃钟从小就不是个省油的灯，六岁的时候就已经本地扬名了。那年，有天他家隔壁的小年轻开了辆亲戚的红旗轿车回来显摆，不过回屋拿包烟的工夫，就听见屋外车的发动声。小年轻冲出去一看，车已经开到了门口的马路上，歪歪扭扭地正往镇中心方向走。遥遥望着打开的车窗，正是神鬼莫测的无人驾驶！路上的行人惊惶四散，邻居小年轻到底年轻，只呆呆僵在自家门口，脸都绿了。张爸那天恰巧在家，一听外面鸡飞狗跳，立感不妙，赶紧冲出门去，一路狂奔追上车，拉开车门跳上去熄火停车，把齐自己腰板高的张肃钟揪下来一顿狠揍。回家那几步路上，张肃钟肿着半边脸跟在他爸屁股后头，还露出一脸得意样。至于三天两头偷桃摘枣、砸了谁家玻璃、给人茅坑里扔石头这样的小事，在张肃钟的成长史里完全是不值一提的小儿科。

所谓出息是对比出来的。张爸看张宝钟的目光里，有说不出的温情和知足。在很多同学一周零花钱还只是个位数的年代的初中年代，张宝钟的口袋里就成天装着大把钞票，其中不乏当时足以震慑很多同学的惨绿五十元大钞。他的小日子，过得让我们学校的老师都眼红。

学校里的老师都不喜欢张宝钟，老师们打心底爱的都是班上的小辣椒。

小辣椒长得秀气端正，成绩永远是班上前茅，是根正苗红的好树苗。

在小辣椒银铃般的笑声里，张宝钟脸红到了耳朵根，假装看书随手竖起课本来挡脸。小辣椒顿了一下，笑得更欢了，说道："张宝钟，你英语书拿反了……"这下同学们再也忍不住，轰然笑开了。

张宝钟怕小辣椒，这是大家都发现了的事情。张宝钟在班上的男生堆里很有威望，男生们都尊称他一声钟哥，但不管什么时候只要小辣椒一发声，张宝钟就变成了被人拔了钟芯的闷头钟。在外头有小混混滋事，张宝钟头都不抬，爱答不理。班上的老师下令，张宝钟有时也不一定买账。但自习课上只要小辣椒一点张宝钟的名，正和兄弟们海侃的他必定马上低头噤声，偶尔还有兄弟不服气地嘀咕，张宝钟就紧张地拿手肘去碰碰人家，示意大家也一道闭嘴，模样拘谨乖巧。

小辣椒是我见过的自尊心最强的姑娘。小辣椒爸爸早逝，妈妈一个人养大她和她弟，她很小就得帮妈妈分担地里的农活，但她成绩永远名列前茅。她家境窘迫，生活费是我们班寄宿生里最低的，但她从不轻易接受别人的礼物，如果和关系好的女同学一起进学校食堂打饭，别人替她刷了饭卡，下一顿饭她一定会抢先付账还回去。

大概只有张宝钟请客的时候，她心里没有那么多负荷。因为张宝钟每次都是请周围所有同学，十几个人里，不多她一个。不只是小辣椒，大家在张宝钟请客的时候，都是这样想的。

跟着张宝钟这个阔少一起蜂拥出校门，大家最兴奋的，是像大人们一样下馆子的时刻。红烧牛尾、黄焖鸡、笋瓜煨肉……大家跟着张宝钟一起吃过的菜，有些是家里的大人还没有尝到过的。

后来，我悄悄发现了一件事，张宝钟每次都要点的那几个菜，全是小辣椒爱吃的。

初中毕业了，我和小辣椒考进了市一中。张宝钟和李山没有悬念地进了最烂的学校。

张宝钟的中考成绩惨不忍睹。从当时我们那教育质量还不错的市一中到市三中，他爸夹了厚厚一公文包的钱分别走进三个校长的办公室，但没有一个敢收他，都怕砸了学校招牌。大家都说，那可能是当年那三个校长做过的最团结默契的一件事了。

在高中，各校高手云集，我有些力不从心，呈现出些许衰败之势，小辣椒还是一如既往的拔尖。

张宝钟和李山仍然一起愉快的给各自班上的同学们垫着底，广受他们班上难兄难弟们的欢迎。

每到周末，他俩就爱来我们学校转悠。有时李山有事，张宝钟一个人也来。

张宝钟高中时身高猛涨，超过了一米八，穿着黑衣黑裤站在操场边的样子很酷，我们学校还有几个女生喜欢上了他，但张宝钟没搭理其中任何一个。

我总觉得他站在那里的眼神像是在找一个人，虽然他从不承认。

操场旁边就是我们学校的英语角。小辣椒的英语成绩很好，口语也很溜。

千军万马过独木桥的高考如期杀来。

录取通知书下来，小辣椒和张宝钟都去了北京。小辣椒当然是作为我们学校那一届文科生的骄傲进入了北京某著名大学。至于张宝钟，则是在这一生也没有放弃过儿子光辉前程的张爸的努力下，与在北京某知名外企当高管的张宝钟的姑姑联手攻关，把他塞进了北京一所三本院校。

我考上了一所西安的高校。张宝钟的死党李山开始混迹社会，和他的摇滚乐队兄弟们游荡过许多城市的酒吧。

大学期间，同学群里许多对情人横空出世，但始终没有张宝钟和小辣椒。

整个大学期间，两人谁都没有恋爱。小辣椒醉心学习，一心渴望知识改变命运。张宝钟忙于什么，谁也不知道。

大二寒假的时候同学聚会。小辣椒坐在张宝钟的斜对面，依然是初中时那副笑起来没心没肺的模样。小辣椒和张宝钟的关系还像当年那样，熟悉但并不熟络，交谈欢喜但并看不出喜欢。

坐我旁边的李山用手捅捅张宝钟，小声说："都追到北京去了还没把人拿下？啧啧，你这战斗力够弱的。"

原来看出张宝钟喜欢小辣椒的，并不止我一个。

饭吃到后面，喝酒的同学都喝多了。话题聊到张宝钟当年的"伟绩"，有个男生一拍大腿，想起张宝钟有回考了七分。众目注视下，醉意熏熏的张宝钟欣然点头。都说做兄弟的擅长两肋插刀，插的刀刀都是兄弟软肋，同样喝得醉意熏熏的李山突然放声问道："张宝钟，你说实话，你那次考试是不是抄袭了？"

张宝钟一愣，然后红着脸老老实实作答："嗯，抄了一点点。"

在场同学一个个都在座位上笑瘫了。小辣椒清脆的笑声还像当年，最响亮。

很快，迎面而来的就是大学毕业。在同学们上蹿下跳找工作的时候，小辣椒考了研，张宝钟在家人安排下进了外企。

踏出校门的张宝钟还和从前在校园挥霍人民币时一样惹人羡慕。

流浪歌手李山那时正漂在大理，蹭着旅店老板的电脑在同学群里对着张宝钟喊："宝钟，拼爹拼不过你就算了，你又整出来个姑姑。你们家到底还有多少通天的亲戚，能不能借兄弟一个用用？"

李山喊出了我们班众多同学的心声。

这就是不同人的命运。有人挑灯夜读，书中未见黄金屋；有人蒙头酣睡，前方自有锦路静候。

工作第二年，我去北京出差，单位安排的酒店就在张宝钟公司旁边。

张宝钟同学此时已经在他那位传说中的姑姑的照顾下，跻身领导层。能进外企，在其他同学眼里已经是一件大幸之事。

张宝钟同学中午请我吃饭，我不好意思占据他午间休息时间，强烈要求去鉴定一下他们这世界五百强公司的食堂。

在他们那个华丽丽的偌大食堂里，我们碰见一个国际友人很远就迎面走来，笑着同张宝钟拉开一副打招呼的架势。对方才点头说"hello"，张宝钟同学淡然点头，已经带着我飘然走开。那副倨傲的样子，一点也不像我印象中老实厚道的张宝钟。

我还没来得及发问，就听见他小声催我，说："赶紧走，要不一会儿他跟过来就完了，翻译没在，我听不懂他说话！"

好不容易走过转角，我笑到倚墙，不能直立行走。

在初中同学群里，大家关系都很好，能谈天说地地胡侃，说话也没忌惮。晚上我在酒店上网，聊得兴起，顺口就想和大家一起分享张宝钟同学的这则新笑话。在网上打出来洋洋洒洒一段话，突然瞥见小辣椒亮亮的头像，我顿了顿，又删了。

我想起了张宝钟每次看向小辣椒的目光，和每次同学们取笑他时的讷讷神情，不知为什么，有点难过。

让我惋惜的是，张宝钟和小辣椒终究未见交集。

二〇一三年，小辣椒作别国土，飞向她梦寐以求的大洋彼岸。

那天，在北京的几个初中同学都去送了她，只有张宝钟没到场。

同学璐子回来后在群里说，在机场看见小辣椒和她新交的男朋友了。小情侣俩是一起走的，他们是在托福培训班里认识的，考上了同在多伦多的两所大学。璐子说："两人很般配，站在一起，路过的空姐空少都失色，完全一对璧人。"

同学们在群里叽叽喳喳地起哄。张宝钟头像亮着，但没有说话。一向话多的李山，那天也陪着张宝钟只字未言。

二〇一四年元旦，张宝钟结婚了。新娘是北京本地的姑娘，他大学时租住的房子房东的女儿。

新娘在台上说他们的恋爱史，落落大方地承认是自己倒追的新郎，喜欢他有点木讷的实诚模样。从张宝钟大一来到北京在她家租房开始，她喜欢他十年整。

以一根筋闻名的璐子，直愣愣问我们："张宝钟那学校不是在北三环吗？怎么租房租到那地方去了？那不是都到小辣椒学校旁边了吗？来回地铁得有一小时吧？"

没人接话。婚礼现场的音乐太过高亢，擂出大家心底小小的哀伤。

李山坐我旁边，小声告诉我："其实小辣椒出国的那天张宝钟去了机场，看见小辣椒和她的男友十指相扣站在那里，最终没有过去。"

那天晚上张宝钟喝多了，给李山打电话，来来回回对他只说一句话："他俩真配，真的。"

在一个人的暗恋里，住着全世界所有的山高水长。

酒足饭饱后，雷打不动的节奏是大家同去闹新房。

李山开着张宝钟的车带我们几个。进小区门时不见张宝钟的停车卡，李山伸手四下翻找。当李山翻开驾驶座上方的折镜时，一张纸飘然而下，落在坐副驾的我的腿上。

我捡起，李山侧过头来看，忍不住说：“张宝钟这个二货，还偷偷摸摸去考过雅思啊？”

听力两点五分，阅读两分，写作两分，口语一点五分，总成绩两分。张宝钟。

换成百分制，这大概是末等生张宝钟有生以来的最好成绩。

我曾爱过你，想到就心酸。这在网络上老掉牙的句子，永远都有人为它心掬一把热泪，因为懂得。

不是所有温柔的爱都需要晒在阳光下。你是渴望入云的鸟，而我则是林间一只拂叶穿行的鹿。我是那双默然看你一路挥洒汗水追云逐月的眼睛，虽不能一路同行，却在无人知晓处曾竭力陪你一程。

小辣椒永远不会知道，她，曾是张宝钟生命里的最高分。

爱·谏言

所有的失恋都有意义，但其中的意义需要以勇气和智慧去认领。

爱你是段独行路

花枝丸是个在爱里只会说好的姑娘。

朝辉懒得下楼吃饭，给花枝丸打电话：“你给我送一份鸭血粉丝汤外带一个葱肉烧饼吧。”

十分钟以后，花枝丸就拎着饭盒站在男生宿舍楼下央求路过的男生帮带上楼。朝辉攒了一周的脏衣服，抱到女生宿舍楼下，花枝丸就整晚泡在洗衣房汗如雨下。朝辉在球场上打篮球，花枝丸拿着水站在烈日下等着他，散场时别人都挽着女朋友走了，朝辉仰着脖子把水一喝，拍拍身边哥们儿的肩，对花枝丸说：“你先回吧，我俩要去网吧打游戏。”花枝丸笑着说：“好。”导师布置的作业，朝辉随手扔给花枝丸，学广告学的花枝丸抱着朝辉的民法课本通宵钻研，第二天替他交上漂亮答案。

不仅朝辉如此，朝辉身边的男生也渐渐习惯了使唤花枝丸。

“花枝丸，你顺便帮我也带一份饭吧！”

“花枝丸，你一会儿来找朝辉的时候顺便帮我在校门口的修鞋店取一下我的鞋，四十一码的蓝色李宁。”

“花枝丸，你反正要替朝辉写作业，顺便也给我写一份吧，答案不要完全一样啊。”

好。好。好。花枝丸应着。永远笑眯眯。

“花枝丸真不像女人。”朝辉的室友们说，“女人不应该都是娇蛮不讲理、不管长相美丑个个当自己是落难公主流落人间的吗？”

和朝辉从小一个院子长大的我都看不过去了。我的高中同学兼大学室友花枝丸，却耍赖似的扭扭我胳膊，示意没关系。她吐吐舌头，有点羞涩地说：“他是朝辉嘛！”

朝辉怎么了？我只知道朝辉小学二年级还尿床，他奶奶一边在院子里晒被子一边大声数落他，他臊得一整天不肯出门；我只知道小时候朝辉他妈给他请了四十块钱一节课的昂贵钢琴家教，他经常以上厕所为由从家里卫生间翻窗溜出去玩而被他妈在家门口罚站；我只知道朝辉从小成绩不好，初中时每逢考试他总讨好我让他抄袭试卷；我只知道他是那个高中时向暗恋的女生表白被拒，喝醉了坐在院门口大哭，被他军人出身的爷爷扛在肩上弄回去的朝辉……在我们这些同院孩子眼里，平凡的男生朝辉，到了花枝丸那里怎么就像神一样被供起来了呢?

花枝丸说，朝辉是她人生里第一个跟她说“你好”的人。高一开学那天，花枝丸走进教室，遇到走出门的朝辉，他穿着一件白衬衣套着藏蓝色毛衣背心，淡然对她点点头说了声“你好”。

从周边小镇考入市一中的花枝丸当时就怔住了。

你好。你好。花枝丸只在电视屏幕上听过你好。她的父母亲人朋友从不说你好，她所在的小乡镇从来没人见面说你好。你好，像一个来自遥远世界的词。

后来又有一天，轮值去打扫校音乐厅的花枝丸听到旁边的琴房里有人弹钢琴，悠扬的琴声，花枝丸握着扫帚听了很久，忍不住假装路过窗口看一眼。弹琴的正是朝辉，十指纤长，轻舞如飞。花枝丸的心当时就漫成了汪洋。

花枝丸总是默默跟在朝晖的身后，高考志愿表她完全是按照朝晖的报考顺序来填的。大学校园里，当朝辉终于跟她说出那句“不如你做我女朋友好了”的时候，即便那时朝辉的语气轻佻，花枝丸的心亦如在云端，再想不出别的美好。

我听着花枝丸的细述，低着的头不敢抬起来，怕惊扰了她鼓起勇气的坦诚，辜负了她的真诚。

朝辉对她来说，就像花开在高处。我啊，从来不敢告诉别人我爱着一个高处的人。那些最常见、最真实、又最难被承认的爱，就是爱上一个比我们站在更美丽世界的人。他披着光芒站在前方，一路上的风雨因此都被忽略。

这一年突然开始流行玩微博。朝辉随便发条什么信息，下面很快便会升起一个赞。

朝辉的朋友问他：“你哪儿来这么忠诚的粉丝？”

朝辉答：“还不是花枝丸！”

说起花枝丸，朝辉有点不高兴了。

“最近不知道她忙什么呢，上午让她给我买本书都说没空。”

正说着，花枝丸跑过来，额头上都是细密的汗珠，她说：“朝辉，这期的《足球周刊》。”

朝辉接过书，问：“最近总不见你人，忙什么呢？”

花枝丸的脸有点红，不好意思地吐吐舌头，回道：“没什么。”

只有朝辉注意不到花枝丸的忙。从入大学起，花枝丸做家教，去超市兼职导购，考各式各样的证。在朝辉上课打网络游戏不召唤她的时间里，她都在忙。我碰到过花枝丸站在超市架子前推销巧克力；碰到过花枝丸周末咬着面包奔上公交车去参加考试；碰到过偶遇的小孩恭敬地称花枝丸一声“老师”……

再忙碌的花枝丸，只要朝辉一个电话，很快就会赶到。奔波的花枝丸让我们同宿舍的女孩看着都心疼，只有朝辉看不见，因为习惯了她那一声乖巧的“好”。

乖巧的花枝丸啊，给朝辉准备了那么多的好。以至于朝辉说分手的时候，她愣了半天，也只是笑着说了声“好”。

朝辉有点意外，看了看花枝丸，然后耸耸肩，说：“谢谢你这些年对我那么好，我们还是朋友，赵暄暄。”

花枝丸事后有点怅然若失地对我说：“他没有叫我花枝丸啊。”

我点开过花枝丸的微博，她的微博空荡荡的，只有好几个月前发过的一句话，她说：“我也希望有人来给我点赞，一百个赞。”

可惜我只能给她一个赞。

花枝丸好像比从前更忙了。

有一天黄昏，我看见花枝丸从离学校不远的一家二手琴行出来，我喊了她一声，她没有听见。店老板告诉我，花枝丸是琴行的兼职员工，她不要报酬，只为了闲时能上节免费的钢琴课。

朝辉再也没有找过花枝丸，我们很快就知道他有了新女友，是一个漂亮时髦的女生，听说是隔壁工业学院模特队的，两个人挽着手在学校的樱花树下高高兴兴地打闹。

花枝丸再也不主动提起朝辉，但每当有人提起朝辉的名字，我便能看见花枝丸的眼睛瞬间就亮了，又很快黯淡下去。

花枝丸终于多了一些属于自己的时间。她更忙了，像一只不停转动的陀螺。

她报了学校的舞蹈班，上了校外一个化妆学校的妆容培训课，在网上做兼职设计。室友慧子陪朋友在琴行买琴撞见花枝丸的时候，花枝丸已经可以熟练地弹很多曲目。推荐钢琴时花枝丸很坦然地坐下来弹了一曲《天空之城》给他们听。

大三快结束的夏天，花枝丸用三年里做兼职攒的钱付了城西一间小户型公寓的首付，她是我同学里第一个自己买房的人。

花枝丸啊花枝丸，白羊座的花枝丸。

大四，我们都急着联系工作单位的时候，花枝丸却进了新东方备战雅思。

花枝丸独自走在校园里的时候，我听见旁边的男生在小声打听花枝丸是谁。

“这女生好酷。”那男生赞叹道。我才倏然发现，原来不在朝辉面前的花枝丸，气场真的很强大，像一朵带刺白玫瑰，楚楚，笔直，散发着无关风雨兀自绽放的气韵。

毕业时同学聚餐，很多人喝醉了，有人哭，有人笑，有人喊着前任的名字在操场上疯跑。花枝丸喝得两眼亮晶晶，我们两个人躺在宿舍楼顶的天台上聊天。

“你知不知道他们为什么叫我花枝丸？你不知道吧，花枝就是墨鱼的意思，我爸爸在镇上开了间小店做干货批发，朝辉爸爸的公司去订过几批风干墨鱼发给员工当年货。有一次我陪爸爸去送货，碰见过朝辉，当时我手里正拎着一捆长长的风干墨鱼。那天以后，朝辉就给我取了这个外号，别人问他为什么，他说因为我总扎着丸子头，就想这样叫我。可是我很早就从书上看到过，花枝就是墨鱼的意思。不过墨鱼就墨鱼吧，我本来就是卖墨鱼人的女儿。很形象啊，何况花枝丸听起来很可爱，是吧？”

夜风凉凉的，天上的星星散布得像一盘棋。有时候我真的很怕别人对我掏心。那些藏在心背后的事情，常常是疼的，硌着那些守着它们成长的人。

“我从高一入校那天开始就喜欢上朝辉，我喜欢他坦然跟我说‘你好’的样子，喜欢他的定制衬衫总是衣领洁白，喜欢他弹钢琴时优雅的样子。那种优雅，是我身边那些忙碌着求生存的人们身上没有的。他们都忙于奔跑，无暇顾及两旁的风景是否美丽。整个高中，我总是看着朝辉，我开始意识到我生活里的那些粗鲁是错的，我开始纠正自己生活里之前从未意识到的粗陋细节。也许这些是我人生里终将意识到的，但如果不是遇见朝辉，这样的觉醒也许会在我的人生推迟多年。”

“失去他我很痛苦，但也正是因为失去了他，才让我越来越明白，我喜欢的不只是他，还有那种优雅投下来的影子。我渴望成为一个能从疲惫生活中跳脱出来真正拥有生活的人，为了成为这样的人，我必须付出比别人更多的努力，才能触摸那些生命中看似本不属于我的东西。爱着朝辉的每一天，我都渴望自己能变得美好美好再美好一点，美好到足以和他坦然站在一起，以优雅不慌张的样子去面对生活。好几个同学朋友都私下问过我恨不恨朝辉，我说我不恨。是啊，他们不会理解，我怎么会不恨朝辉呢，那个我付出过那么多最终却没有过回报的人。但是，他们不会知道，朝辉之于我的意义，不是一场懵懂初恋，他是我人生的一束光，告诉我生活本有更美的方式所在，人生可有更多出口，我要奋力去追求。如果说年轻时爱上的那个人对你的生命有什么意义，我觉得朝辉给我的意义是所有可能里最好的之一。”

所有的失恋都有意义，但其中的意义需要以勇气和智慧去认领。花枝丸是我最想点赞的姑娘之一。

毕业后，同学们作鸟兽散，工作的工作，找工作的找工作，啃老的啃老。花枝丸出了国，她的雅思成绩据说是新东方那一届的第一名。

在英国，花枝丸教老外的孩子学中文，给当地的华人报纸写文章赚稿酬，至于在校的功课成绩，每年她都拿高额奖学金。

每每听到花枝丸的消息，我一点也不诧异。

朝辉也是，他笑着对那些讨论花枝丸近况的同学说："她是花枝丸嘛！"

是啊，她是花枝丸，从再困难的境地里也能找出正确的那条路，微笑着走到天阔云高处的花枝丸。有没有得到爱情，她都会得到最真诚的尊重。

四年后的同学聚会，回国探亲的华裔女高管花枝丸也来了。

她穿一袭粉色真丝长裙，腕间配着简单白贝母手链，妆容清淡。微然一笑，美不胜收。

喧嚣声一时停顿下来，朝辉亦面露怔忡。花枝丸同大家打招呼，声音温柔，举止优雅。

我站在人群间，笑了。我知道花枝丸，哦不，是赵暄暄，她从来不是漆黑中的墨鱼，她是花枝上的凤鸟，一朝展开翅膀，便拥有无尽天空。

对于那些心存飞翔梦想的“凤鸟”来说，生命中的每一场相遇，每一场分离，每一个爱而不得的人，每一次被辜负后的无可挽留，所有被撕心裂肺的故事打磨得平淡无奇的经历，最终，都不过是一个促进她翱翔的契机。

这姑娘，我想给她点一百个赞。

唯一的淡淡感伤，是关于爱情的。

我曾那样爱你，如同于夜幕下仰望星光。我在你看不见的地方，努力撷取光芒照亮自己，只为有朝一日能与你立于同一片天地，抵首一笑。只是啊，命运从来不曾告诉那时的我，当我终于能够站在高处美丽绽放的时候，你和我将早已不是从前的你我。人间的音符那么多，在我们的故事里，原来只有一曲物是人非的离歌。

赵暄暄掠过朝辉的目光，那一眼，分分明明，是最终谢幕岁月的珍重与极淡哀伤。

爱人若是缺席，全世界都像是他的影子。

只是等了你很久

三宝有天会甩掉楸楸?

如果大学有人拿这个出来打赌，我们会输光所有钱。

要在朋友圈评选奇葩的话，大家首先想起来的都是三宝和楸楸。

这对活宝情侣，曾经因为三宝吵架时说了句要分手，楸楸就举着一把随手抄来的剪刀从女生宿舍一路奔出，直接把三宝从学校食堂撵着绕校跑了四圈，最终以跑得快歇菜了的男选手三宝一头扑倒在路边草圃里喊“老子跑不动了，死娘们，你就扎死老子算了”为终点。而女选手楸楸扔了剪刀扑上去抱着他，俩活宝居然不知怎么就抱头痛哭了起来，在尾随奔跑围观的数百位同学面前奇迹般地和好。

事隔多年，提起三宝和楸楸，还有邻校的学生慕名问道：“是不是你们学校抄着剪刀领跑校园的那一对？”

在大家眼里，这一对活宝情侣的关系不容撼动。

临毕业的时候，一群愤世嫉俗的光棍们私底下押注毕业会分手的情侣，没有一个人肯给三宝楸楸押一分钱，大家都觉得，生活诚可贵，生命价更高，三宝能考上大学，智商肯定是正常的。

后来有次我听到有首歌里唱“爱是一场生和死打的赌”，立马在网上把歌从 QQ 上推荐给了三宝。倘若爱是一场生和死打的赌，那么分手无疑就是三宝质疑生命的直接表达。三宝回过来一个羞涩到死的表情。

三宝和楸楸的相处模式很富特色。

楸楸在时尚杂志上看到一个八千多块钱的黄色牛皮包很喜欢。三宝伸头过去看一眼，嘴撇到耳后跟去了，说道：“什么牛这么贵，犀牛吗？还一坨屎黄色，有什么好看？”

咣，三宝的背上挨了一记降龙十八掌。几个月后，三宝拿着好不容易攒出来的私房钱去中大国际把那包买了。回家后用像扔垃圾一样的表情嫌弃地扔到楸楸怀里，说：“拿去，地摊货，三十五块！”

楸楸信以为真，照样喜气洋洋背在身上。直到有天在公交车上被小偷划了道口子，楸楸回到家，发现三宝比她还郁闷。得知真相后，楸楸又是追着一顿猛打，边打边喊：“两人月薪加一起也不过九千块，你居然敢去买一个八千块的包！”

三宝为公司签下一笔一百万的单，公司违背承诺，只给三宝发了一千块钱的奖金，三宝回家后心情极度郁闷，楸楸一翻钱包，“啪”的一掌拍到三宝后脑勺上，问道：“还有五十块哪去了？是不是中午请你办公室对面那个黑丝袜吃凉皮肉夹馍套餐了？”

小两口说情话的时候，楸楸问三宝：“以后有宝宝了，你更爱他还是更爱我？”

三宝谄媚地说：“更爱你！”

楸楸一巴掌拍在他身上，嗔道：“混蛋，居然敢不爱我孩子！”

总之，三宝和楸楸的恋情，就是在三宝一天被揍三顿的美好节奏下徐徐铺展开来的。

三宝在楸楸面前㞞，在外头却是个出了名的暴脾气。一群朋友在外吃饭和邻桌的小混混起争执的时候，三宝一定是一声不吭直接拎起瓶子走过去的那一个。

三宝有句名言：家里㞞不算㞞，外面㞞才是真的㞞，男人嘛，只能留给自己的女人欺负。

三宝的暴脾气没少惹事。

黑子生日，饭后有人提议去酒吧。在酒吧，三宝去洗手间的时候，有个穿朋克马甲的青年围着楸楸跳舞，楸楸转身要走，那人一伸手就把楸楸胳膊拉住了。众人尚来不及上前，就见刚从厕所回来的三宝如狼一样“唆”地侧扑上去，从第一拳击得朋克马甲青年的嘴角开张，到后面连贯的天马流星一顿狠揍，动作那叫一个行云流水。

朋克马甲青年也不是一个人来的，人群里很快挤出来他的四个同伙，酒吧舞池迅速变成群殴场地，在一片尖叫声里打斗如火如荼升级，很快就有了钢管飞舞。

那天的战斗里，在场参战的男性几乎个个挂彩，青肿部位不一。但伤口流血的，只有主要选手三宝和朋克马甲青年。

三宝的伤在眉头上，半寸长。在医院包扎的时候，楸楸心疼得直掉眼泪。三宝安慰她：“没事，不疼。男人嘛，脸上多少有道疤才算汉子。”

楸楸伸手往三宝胳膊上一拧，三宝疼得龇牙咧嘴，连连告饶。

那个时候，谁能想到这对活宝几天后会分手？

就在几天后，三宝甩楸楸的事让人大跌眼镜。

成年人谁没经历过分手？这世界每天都有人在说对不起，但没几个人甘心说没关系，每天都有人在反目成仇一别东西，每天都有人和和睦睦各奔前程……聚散的戏码那么多，只是像三宝这样不告而别的奇葩不多。

事情发生在酒吧斗殴事件的几天后，三宝趁楸楸上班的时候，收拾了自己的衣服证件，直接销声匿迹。

三宝刚失踪的时候，大家都以为是情侣间的小闹剧。直到去了他俩租住的小公寓，看着多天不出门、头发蓬乱、一脸怔忡的楸楸，大家心里一沉，才知道事情是真的。

三宝为什么这样做？没人知道。从三宝离开前一天已从公司离职可以看出，这是一场有预谋的离别。

没有人联系得上三宝。三宝的母亲早逝，他父亲多年前就和继母移居澳洲，没人知道他们的联系方式。

楸楸失魂落魄。她说起大学那次三宝和她提分手，那时她一点儿也不害怕，因为知道三宝只是斗气，心里其实舍不得，那时她只愤怒他把分手二字那么轻巧地挂在嘴上。那也是他们之间仅提过的一次分手。这一次，三宝什么也没说，却用了最决绝的方式离开。这一次，她很害怕，她从未想过会失去他。

“他为什么这样做？如果我哪儿做得不好，他可以说出来，我可以改啊！我会改啊！为什么不声不响就离开？要是嫌我打他，他可以打回来啊，我力气又没有他大！他不是常说他比周杰伦更牛吗？”楸楸泪流不止，眼泪冲花了眼妆，在脸上淌出几条线。

三宝去了哪里？有人猜是澳洲。

楸楸摇摇头，斩钉截铁地说：“我不信。”

一个月过去了，楸楸在找三宝。三个月过去了，楸楸在找三宝。一年过去了，楸楸不骂了，但所有人都知道，她还在找三宝。

李山开了个玩笑，说：“这要真找着，三宝还不叫楸老虎打死啊？”

没有人笑，所有人都默契地给了李山一个白眼，李山讪讪地低下头，小声道：“你们这群人哪，真没有幽默感。”

楸楸身边一直没有出现男二号。她住在她和三宝租的小公寓里，斩钉截铁地等着三宝。

李山感叹道：“楸老虎真能等，有情有义的。”

照例得到的又是一个集体白眼。

两年里，房租涨了，旁边的邻居换了，楸楸还是一直一个人住在那里，等待成为她生活的一部分。

两年后，那片地皮被收购，楼房夷为平地。楸楸搬到了马路对面的一个破旧居民楼，成为那堆钉子户中唯一的一个租客。她说她要在最近的地方等着三宝。

楸楸活成了朋友圈里的一个传奇。

最后，连三宝最好的朋友黑子都忍不住劝楸楸放弃。楸楸瞪了他一眼，一语不发。

楸楸在传奇的路上越走越远。

她很怕错过找回来的三宝，索性辞了工作，在离家二百米的路口盘了一家小店卖奶茶。

有一次，楸楸正给人调着奶茶，突然甩了手里的东西冲了出去，杯里的奶溅了顾客一脸。

她气势汹汹地追着一个背影跑过两条街，最后又垂头丧气失望地走回来。

爱人若是缺席，全世界都像是他的影子。

我再见楸楸，她头发凌乱，用一根筷子简单绾着头发，正好脾气地给一个挑三拣四的女顾客调奶茶。看见我，她涣散的目光良久才聚焦，对我温柔一笑。

我离开的时候，她语气温和地拜托我，说：“如果看见三宝，告诉他我在等他。”

黑子告诉我，楸楸每次见到同学，都会这样拜托。

温柔的楸楸，让每个人都觉得感伤。

三宝终于在黑子面前现身的时候，黑子想都没想，直接给了三宝一拳。那一拳是他替楸楸打的。

三宝苦笑着道出原委。

在酒吧斗殴后的第三天，三宝又遇见了那个朋克马甲青年，那人是他一个客户的老朋友。朋克马甲青年走后，客户和三宝闲聊，告诉三宝他那朋友刚查出艾滋阳性，一时难以接受，找他喝两杯。

三宝当时就愣在了原地。那天酒吧打架他和朋克马甲青年都有不小的创口，难免血液交叉感染。

三宝第一次为自己的冲动懊恼得想去死。他就想不明白了，从小到大自己一直不是什么幸运儿，买了几塑料袋彩票连十块钱也没有中到过，为什么这样的小概率事件会发生在他身上？

三宝偷偷去医院检查过，是阴性。但医生告诉他，这个病有潜伏期，当下并不一定能查出，建议观察一段时间。

三宝心里十分忐忑。在那一天，他预想了人生最悲观的种种可能，最不能接受的，是他可能带给楸楸的人生深渊。于是他选择了悄无声息地离开。

如果生命里一定要有这样一个深渊，他希望下坠的只是自己一个人，他爱的人应该飞翔在湛蓝天空里。

这两年，三宝过得自然不好。他换了工作，不与朋友联系，独自生活在城郊。直到他终于确认自己没被感染。

他曾回去数次，隔着远远一条街看他和楸楸租住过的地方。他看着那里的大楼被拆迁，仿佛目睹和楸楸之间的线索正被人擦拭模糊，心里十分难过。

他未曾想到，楸楸就在离那不远的地方等着他。

他本以为，在他独自甘心接受孤独的时候，他所爱的姑娘正逐渐将他遗忘，然后拥有新的幸福。他虽然难过，却甘心为她做出选择。

他忘了，楸楸是一个耐心好到能将他在校园里追逐四圈之远的姑娘。

那个姑娘，每天给人调奶茶不是忘记放糖就是忘记放茶粉，招人埋怨。多少次晚上关门后，她忘记新租住的房子，一次次走回马路对面曾和三宝一起租住的地方，直到步入那片拆得荒芜的建筑废墟，沉默良久又恍然转身归去。

那姑娘每天都失魂落魄、丢三落四，却从来没有一刻忘记过她在等他。

三宝说要一杯奶茶的时候，老板娘的背影颤了颤。

没有耳光，没有质问，没有眼泪，没有三宝准备迎接的暴风雨的洗礼。

楸楸只是转过来，用了六十秒凝视他，用了六十秒紧紧抱住他。目光和拥抱，前所未有的温柔。

哭的人是三宝，他的眼泪一直流，把楸楸连衣裙的后背打得透湿。

他知道，在他离开的两年里，时间欺负了他所深爱的女人，耗尽了她所有脾气。

他宁可她粗声恶气地迎接他，也不愿意看到在他不在的日子里，光阴教会了她温柔。那样的沉静温柔里每一丝每一缕都是让人心疼的，让他知道，生活趁他不在场的时候给予了她多少痛苦的打磨。

生活在水里的花是招展的，生活在爱里的人是舒展的。只有被深爱捧在手心的女人，才敢有那样的恣意。

如果我爱你。我不要你从疼痛里学习温润，不要你被悲伤驯养得温柔。

我只渴望你在我的爱里自由绽放，做最放肆的自己，依然知道自己在被深爱着。我只渴望在我的爱里你永远不必小心翼翼，你微笑哭泣或愤怒，无论打开你内心的哪一面，内心都笃定我的爱一直都在。

三宝紧紧抱着楸楸。曾缺席的所有，他都将用余生找回。

朋友们后来都很爱缠着三宝和楸楸讲起那一天，虽然也没有什么精彩对白。

“你怎么知道我会回来？”那天三宝只是这样问。

“我不知道，我只是等了你很久。”那天楸楸只是这样答。

我不知道你在哪里。我不知道我们会在何处重逢。我不知道我若度过黑夜，黎明是否会到来。我只知道，我在等你，风来，雨来，阳光满怀，我都在。

我也希望，这样等待一人；我也希望，有人这样为我等待。

不是所有的分开都出于无情。若是我爱你，不管前方是什么，心有笃定。只要旭日东升，星辰仍在，我就在这里。等你。

爱情不会没有意义，爱情的喜悦和疼痛都是恩慈，让人触及最真实自己。

谁的天涯不是天涯

我曾经在一家私房餐厅遇见过一个喝醉的姑娘，她身边坐着她的男闺蜜。

那天女孩和男友闹别扭，一直喝到不省人事，男孩怎么劝也劝不住。最后男孩拿过她的手机，拨通她男友的电话让对方来接她。从通话来看，三人之间应该是相熟的。我以为他们只是很好的朋友，可是在女孩男友到达之前，我看见男孩低头，悄悄吻了吻趴在桌上熟睡的女孩披散的长发。那一幕，让我对他们印象深刻。直到我走出门，那男孩还在店内守着女孩，陪她等待。

街道上雨声潺潺，我顾怜那沉默爱着的人，心里黯然。到家后，我把这件小事写在了日记里。我说，爱情啊，无非你爱她，她爱他，在那小狗追逐尾巴般的怪圈里，鲜少有人得到幸福。

我曾以为，那就是爱情的意义。

可是孙佳说并非如此。

孙佳就是那天我在餐厅里遇到的那个男孩，他身边的女孩叫米粒，他俩都是黑子的大学同学。有天孙佳和黑子一块出来玩，我一眼就认出了他。

关于孙佳和米粒的故事，我后来也知道了一些片段。

孙佳大一时就喜欢上米粒了。

米粒是南方姑娘，长相清纯甜美，说话甜甜糯糯。他俩同系不同班，课外遇见的机会并不多。

西安最多的树就是槐树，国槐和洋槐，一到春天葱葱郁郁，像一把把巨大的绿伞。国槐的花不起眼，细细的小绿花，隐在树叶里，不容人注意花期就过去了。洋槐不一样，一场花事张扬得如同舞台剧，一树花香能传遍一整条街。

这是北方独有的树种。他们大一那年，槐花开得特别好，比以往任何一年都繁盛。南方姑娘米粒对着学校一株老洋槐树惊奇不已，她抱着书站在树下仰着头看它们。

孙佳记得那一天，米粒的裙角和槐花的颜色都很白，米粒的长发和瞳仁很黑。米粒看着花，孙佳看着她，他们都为美感到喜悦。

米粒接了个电话，她对电话那端的人提到这树不知名的花。等她挂了电话，孙佳就鼓起勇气走过去把树名告诉了她。

“这是洋槐。”这是孙佳和米粒之间的开场白。

那时候，米粒已经有男友了，就是当天电话那头的人。

男孩是米粒室友的哥哥孟周，开学那天送妹妹来校报到时与米粒认识，年长他们一届，在西郊的一所大学读书。

后来，孙佳就混成了米粒的男闺蜜。

不做闺蜜做什么呢？他们关系那么好，又不能有别的想法。谁让孙佳喜欢和米粒在一起。只要能和米粒在一起，孙佳便把称谓都忽略了。

孙佳心细，从小又是被他妈当女儿养的，没事就被他那爱美的妈领着逛商场，帮着参谋这评价那的，对女孩的事知道得多。哪个牌子的护肤品好用、有些什么明星产品，哪家的鞋穿着舒服，衣服怎么搭配好看……米粒和她宿舍的女孩们都不知道的东西，问问孙佳就知道了。

米粒宿舍的姑娘们都很喜欢孙佳，不是爱情的那种喜欢，是带点戏谑的喜欢，她们叫他“姐”。有事不详，但问佳姐。

除了以上那些，孙佳懂的还有很多，他知道经痛的前几天要喝桂圆红糖茶；知道感冒分风寒风热病毒好几种，每种感冒吃的药都不一样；选护垫不要选加香的，对身体不好……当然，这些关心他只给了米粒。米粒虽大大咧咧，会同宿舍姐妹分享很多事，但孙佳告诉她的这些小细节她从来没有跟宿舍女孩们说过。为什么呢？她也不知道。

她拍着孙佳的肩膀，和宿舍的其他女孩一样大咧咧地叫他佳姐。有了这声佳姐，她接受他的好，好像就能心安理得些。

孟周脾气不好，经常和米粒吵架。每次和孟周吵架，米粒都很难过，孙佳就陪着她东逛西逛随便走走，吃点小吃，借个肩膀给她擦眼泪。

几天后，孟周一求和，米粒就回心转意了，两人又喜滋滋手拉着手出现在校园里。孙佳又变成一个人吃饭一个人走路，偶尔和宿舍的男生一起打几场心不在焉的篮球。

如此这般。

孙佳很心疼米粒的那些眼泪，他在私人微博里悄悄写道：米粒，如果我是他，一滴眼泪也不舍得让你流。

但他不是孟周，他是米粒的好“姐妹”。

孟周见过孙佳，看着米粒宿舍的众女孩都欢欢喜喜地围上去把白净秀气的孙佳叫姐，孟周觉得挺好玩。米粒不过是其中并不过分熟络的那一个，孟周不以为意。

有一天，孙佳在学校门口的小吃街碰见他俩，心想要不要上前打个招呼，走近时就听见孟周问米粒：“那个佳姐好像特别照顾你啊，他是不是喜欢你？”

米粒推了孟周一把，道：“他看上你倒是有可能！”

孟周做了个嫌恶的表情，搂着米粒哈哈笑起来。

孙佳在他们身后一声未吭，转身回了学校。

生气不过是一宿的事情，第二天早上孙佳就想通了，难道米粒要在自己的男友面前急赤白脸地争辩一个男生真的是喜欢她吗？

那天早上，学校食堂新推出的薄炸葱油饼特别好吃，孙佳想给米粒带一个。

电话打过去，一大早的，米粒却没在。接电话的宿舍女孩话语里带着点心照不宣的暧昧。

情侣们经常在学校附近那些私人小宾馆里开房，这是公开的秘密。

孙佳从来没把米粒往那儿想，有时听到敏感的话，心里下意识地就漏过了那一拍。想来，那大概是他的心比他的爱情要聪明吧，它不愿意他疼。

直到有一个周一，天光尚早，周末回了趟家的孙佳坐着早班公交车回学校。在校门口的一家小旅馆，他碰见米粒和孟周手牵着手走出来。

那天有薄雾，雾像漫进了孙佳的眼睛里，酸楚模糊。孙佳的第一感觉竟然不是嫉妒，而是一种深深的饱含担忧的心疼，像一个父亲对不懂得保护自己的女儿的心疼。

那种心疼，疼得他想蹲下身去，捂住心口最深的地方。

但他能干什么呢？上去把孟周打一顿？上去买上一打避孕套塞给他们？后面的想法让孙佳在冷冷的雾气里咧着嘴无声地笑了一下。

那是一个百味杂陈的早晨。

世间有很多疼痛的爱情，都是因为有且只有一个人在看不见的背面默默付出。

米粒不会知道，孙佳为了一个她爱吃的浙江梅菜扣肉烧饼，从离学校两条街边的小摊上一路奔回来，只为递给她时还带着热气；米粒不会知道，她喜欢的那只绿毛怪玩偶并不是孙佳在小店偶遇的，那是他在一个商场的娃娃机投了一天的币，投掉自己半个月生活费还抓不上来，后来商场经理实在看不过去了打开机器送他的；米粒不会知道，她想看的陈奕迅演唱会的票并不是孙佳家里人给的，也不是因为他有事不能去才送她的，那是孙佳为她存了三个月的钱买的，他很想陪她一起去，可他的钱不够，只能买一张票……

大四的时候，学校要求自己联系实习单位，米粒不愿意去实习，托孙佳找人给她的实习材料盖章。孙佳是西安本地的，同学们都知道他爸是业内某公司的小领导，按道理说盖个章不是难事。但大家不知道，那时孙佳的爸爸已经因病办了病退，人走茶凉。孙佳找来找去，后来只能自己联系了一个有一面之缘的叔叔，求他在自己的公司帮米粒开一份实习证明。人家那里正缺人，要求孙佳去帮忙理货一个月，孙佳同意了。于是那个月他白天在实习单位实习，一下班就跑去小公司给货物打包，晚上赶回宿舍还要趴在被窝里写论文，那个所谓的叔叔完全把他当作免费的苦力。

那段日子，孙佳累得濒临虚脱，有天坐在公交车上瞌睡到头垂在了鞋面上自己都不知道，被人拍了发在热门微博上，转发率很高，被网友戏称为“史上最柔软男生”。黑子他们看到，都笑他，笑着笑着都有些心酸。

这些事情，米粒统统不知道。在他们的爱情里，隔着那么多的不知道。

而被一个人用尽所有去珍爱的那个人，往往都在另一个人那里习惯了被伤害。

米粒又一次在被孟周伤得遍体鳞伤后来找孙佳。

孙佳以为两人又和之前一样，为了一些鸡毛蒜皮的小事小打小闹，没有多问。那天是米粒第一次喝酒。她把孙佳拉到了一家私房餐厅。

就是在那天，我遇见了他们。我不知道的，是后面的故事。

那天米粒喝醉了，孙佳用她的电话打给孟周，孟周答应去接米粒，但却一直没有来。后来孙佳才知道，那天米粒发现孟周出轨了，比他们早毕业一年的孟周和公司里的女同事一起出了几回差，就滚到了一张床上。孟周供认不讳。

但对孙佳来说，那天的确是快乐的一天，那天的记忆将永远无法磨灭。

那晚，他背着烂醉如泥的米粒回学校，一路都打不到车，天下着雨，他就背着米粒在雨里走，他把外套披在米粒的头上，给她撑起一小片暖暖天地。米粒不知道什么时候醒来的，也不出声，只是睁着亮亮的眸子看着他，直到他扭头看她。后来，不知为什么，他背着她走在雨里，他们快乐地唱起歌，一首接一首，没有章法可循，只记得非常快乐。

其间，醉醺醺的米粒问他："我们去哪儿啊？"

孙佳逗她："不知道啊，走哪儿算哪儿吧。"

米粒接着说："那就去天涯海角吧。"

孙佳说："好啊。"

一路上，这段对话他们重复了好几遍，每次两人最后都哈哈大笑。路人看着他俩，侧目惊奇。

等他们走到学校，早过了宿舍锁门的时间，只好去校门口的宾馆开了一间房。那是孙佳第一次和女孩独处，米粒喝多了，倒在床上很快就睡着了。整晚，孙佳把米粒抱在怀里，一动也不敢动，只是彻夜温柔地抱着她。米粒瘦瘦的，抱在怀里，像抱了一朵开得极小心的花。天光乍亮的时候，孙佳实在抗不住困意，才沉沉睡去。

孙佳醒来的时候，米粒已经走了。孙佳看见他那双头天晚上在雨里溅满了泥点的球鞋，被米粒擦得干干净净。

那天回宿舍以后，孙佳一直睡不着。很多个夜里，他在黑暗中伸出手，还原一个怀抱的距离，脸上不自觉有了傻傻的笑容。

那曾被我们付出所有去爱恋着的那个人，会以何种方式从我们的人生退场，我们无从知晓。直到答案来临。

在与孟周分手不到一个月的时候，米粒发现自己怀孕了。她神情惊惶地来找孙佳。她只有他了，她知道他会帮她。

米粒没有提孟周，于是孙佳也没有提。孙佳心疼地想揽她入怀，但最后只是握住她的肩。

当务之急是去医院，钱从哪来？孙佳想到了奶奶。

奶奶最疼他，从小到大，孙佳就是她的掌心宝，说一不二。

奶奶问孙佳要钱做什么，孙佳支支吾吾说不上来，奶奶就不问了，只让他下午出来拿钱。奶奶怕爷爷发现告诉孙佳爸妈，便约了他在她家附近的取款机旁边见。

五月底的大太阳天，西安已经开启了烧烤模式，孙佳叮嘱奶奶坐在取款机对面的麦当劳等他。

进麦当劳的时候，孙佳看见对外窗口在卖一种新甜品，顺手买了一个甜筒给奶奶。孙佳后来想起来，那是他第一次也是最后一次给奶奶买甜品。

孙佳问奶奶要的是两千块钱，奶奶塞过来的纸袋里有五千块钱。奶奶对他说："佳佳，我知道小事你不会问我要钱，肯定是摊上什么大事了。能用钱解决的事情你就别害怕，没什么大不了的。"

不等他答话，奶奶就一门心思地吃起手里的甜品。她一边小口嘬着，一边心满意足地喟叹道："真甜。"

那家麦当劳离奶奶家不过几分钟的路程，孙佳拿上钱就走了。而奶奶，却没有回到家。

她慢吞吞吃完甜品后走出店门，在回去的路上，突发脑出血。奶奶歪斜着身子，依偎着路边的一棵老洋槐树，慢慢地慢慢地倒了下去。她倒在了回家的路上，永远到不了家了。

孙佳把钱递给米粒的时候戴着墨镜，他的眼睛肿了。

米粒是感动的，感动的眼眸里夹杂太多别的情愫，她望着他，像有话想说，但孙佳只是低下头转身走了。

他没有陪米粒做手术，他要马上回家，家里正在办奶奶的葬礼。

米粒在QQ上向孙佳道谢，并说会尽快还他钱。孙佳感觉出米粒的失望和哀伤，但是他突然丧失了和她诉说的欲望。

他无话可说。他在殡仪馆陪了奶奶最后一程，这世界上最爱他的人走了。没有人知道奶奶的走与他相关，孙佳觉得自己的爱情有了罪恶的味道。

那之后，孙佳有了一些怪癖。

他再也吃不了麦当劳了，一见它的黄招牌他的眼泪就要奔出来。他也见不得洋槐花开，那热烈的香气里，好像一切都走到了尽头。

他们的故事，大概就是从此谢幕了。

直到毕业，孙佳和米粒，谁也没有再找过谁。离开学校不久，米粒就托黑子把五千块钱还给了孙佳。

三年的时光像飞梭。孙佳一直单身。我们这些朋友，在一起什么都聊，除了米粒，因为知道她是孙佳心口的一道疤。

生活有时就是这样残酷，以一道伤的疼痛覆盖另外一道，以一种离别接踵另外一种。

二〇一四年，好像发生了很多事情，又好像发生什么也不特别。

二〇一四年，黄磊和陈数主演的《我爱男闺蜜》热播。在黑子家，喝了几瓶啤酒的孙佳没有和朋友们扎在一起玩纸牌，他独自坐在沙发里，盯着剧中的一幕发呆。电视里，男闺蜜黄磊正狂奔到医院看生病的陈数，脚底的鞋跑丢一只自己都不知道。孙佳的眼神有点失焦。那天，他在荒废很久的微博里添了一句话：我还爱着你，只是再也没有力气奔跑了。

二〇一四年，米粒结婚了，嫁给了一个现居新西兰的华裔二婚男人，对方有个十一岁的女儿。黑子去参加了婚礼，随了个俗气大红包。办完婚礼，米粒就跟着丈夫去了新西兰。

二〇一四年，陈奕迅出了新歌《愚人快乐》，他在歌里唱“我们做着做着做着做着的梦醒了，我们爱着爱着爱着爱着的人走了。”歌声悲伤，让我想起孙佳和米粒，想起命运欠他们一场演唱会，他们永远不会手牵手去听陈奕迅的演唱会了。

这世间找爱的愚人那么多，如你，如我，没有几个能快乐。

关于他们之间最后的故事，是在孙佳离开西安之后听黑子说的。

米粒是爱过孙佳的，可是她明白自己的爱太迟。那次流产手术，她被诊断为宫外孕，由于两条输卵管病变，做了双侧切除手术，从此失去做母亲的机会。她没有把最好的自己留给孙佳，也做不到把破损的自己横亘在他的人生里。她的爱，最后只能用不爱来成全。

米粒的选择让我想起孙佳曾经说过的一句话：爱情不会没有意义，爱情的喜悦和疼痛都是恩慈，让人触及最真实自己。

米粒结婚后，孙佳离开了西安，一个人去三亚旅游。他去了那个全国人尽皆知的著名景点，拍下了那块题着天涯海角的大石头。在旁边的天涯村，孙佳拍了张自拍照，他在照片下面写：我在天涯。

我在天涯，在你之后。

一趟迟迟没有归来的旅行后，孙佳留在了那里，吃着新鲜又便宜的贵妃芒，看来来往往花枝招展的泳装美女。他说那里适合他。

我曾经想过要问黑子为什么不把米粒爱过孙佳的事告诉孙佳，想了想又缄默作罢，理解了他。

愈合的伤口又何必再揭开一次。

孙佳用最好的青春爱过米粒，尽管他不曾得知她爱过他。他们是两个不曾有机会相爱、但都给了对方最弥足珍贵情意的人。

这世间每天有那么多人在爱里生憎生怨，埋没了爱的本意，但孙佳和米粒，都是懂得感恩和清澈的人，在爱过的倒影里，见到了爱情本来的样子。

这样，已经足够了。

后来的后来，我去三亚旅游时见到了孙佳。他在天涯村的马路边开了家农家乐，接待游客，他身旁站着一个皮肤有些黑但很俊俏的海南姑娘，在帮着他忙东忙西。

多少千帆过尽，终有一脉祥和。

天涯海角一直都在，只不过，那个曾经说好要一起看尽风景的人换了容颜。

不管怎样，幸福就好。

只是那一刻，我心中还是有着小小哀伤。

为那一年在雨里放声歌唱的孙佳和米粒，为他们永远到不了的天涯海角。

也为你，为我。为这世间所有寻爱和失爱的愚人。

原来，是这样。谁的天涯不算天涯，谁的海角又不算海角。

原来，最后的最后，我们终于都走在，没有了那个身影的天涯里。

爱·谏言

因为从一开始就知道最后不会在一起，所以在一起的日子里，只想把这一生的温柔都给她。

我想给你的温柔

二〇〇六年，我的初中同学李山突然空降西安，离开和他一起厮混了多年的乐队兄弟们，独自蜗居于美院旁边的二府庄。

后来才知道，那小子是为了女朋友过来的。女孩是旁边美院的学生，暑假去长沙旅游看他们乐队演出时和他认识的。

因为李山的到来，那些年，那个叫二府庄的城中村给我们漂在西安的青春烙下了深刻的印象。

夏天的城中村又闷又热，李山租的民房窗外就是密密麻麻的路边小摊，一到傍晚，吆喝声彼起此伏。村子里住着学校小情侣、无业艺术青年、公司底层打工者、街头小吃摆摊户……各色三教九流。村里几条大黄狗每晚准时出来混在人群里挤来挤去捡东西吃，硬扎扎的毛贴着人腿刷过去，一腿鸡皮疙瘩。隔壁商业街的衣物均价一百元三件，挂在杆上卖，远远看去像彩旗丛立。

李山似乎还挺乐在其中。他通常白天睡懒觉，晚上就拉上厚窗帘守着那堆键盘效果器彻夜做他的电子音乐。那些音乐能不能卖出去是个连他也不知道的谜，反正他自己做得很高兴就是了。

李山的房间里除了那些他节衣缩食换来的设备还算值钱外，基本什么都没有。床是铺在地上的一张毡毛毯，房间里一半的杂物都堆在上面。所谓衣柜就是一个上一任房客留下的衣服架，上面像圣诞树一样层层叠叠挂满了李山从冬到夏的所有衣服。

李山最大的消遣就是去村口那堆跑摩的那儿，递上两张小绿钞，叫司机给他“飞”两块钱的。摩的司机收了钱，带着李山踩大油门沿最近的马路跑上一圈，风吹得李山长发披散。吹完风，回到村口，李山就心满意足爬下摩托车回他的小工作室里继续埋头创作。“飞两块钱的”成了李山在二府庄的一个段子，有些在二府庄门口跑过摩的的师傅至今还记得有李山这么个人。

在特别缺钱的日子李山会背着吉他坐公交车跑到南门的地下通道卖唱，挣上几天饭钱就心满意足地打道回府。

李山的梦想就是一门心思做自己的电子乐，他坚信自己的音乐是与众不同的。他对音乐是有梦想的，关于梦想和生活的妥协尺寸他都掐着指头算着。

这样的生活，可能令任何一个女孩都看不到生活的希望。但很难得的是，李山的女友毛球很支持他。

毛球就是那个在长沙旅游时天天去看李山他们乐队演出的女孩。长沙一别后，他们网恋了一年多。李山直奔西安，让毛球很是感动。

大家都挺喜欢毛球，毛球是个每天甩着快乐马尾辫的傻妞，笑起来眼睛总是眯成一条缝。

毛球家其实很有钱，虽然她只是个学生，但比我们都阔绰。毛球家里是南方做生意的，她爸给了她一张刷不爆的卡。毛球曾经千方百计想给李山钱，但李山犟着不肯要，后来毛球看清了李山的脾性，也就作罢。

毛球常常来找李山。不管是穿着上千块钱的裙子还是穿着李山在村口小店买给她的三十多块钱的衣服，毛球都兴高采烈地和李山坐在村中路边摊把凉拌米线吃得津津有味。

李山对朋友很热情，哪次去南门卖唱碰见出手特别阔绰的主，收入颇丰时，李山就挨个打电话吆喝大家一起去吃烤肉。吃烤肉的地点一般都定在他住的村子口。烤肉摊老板是李山同一楼道的邻居，每次见他带人去总要多送几串，算是互相照应。每一次，毛球都笑盈盈地坐在李山身旁。

大口吃肉，大碗喝啤酒，在夜市烟熏火燎的灯泡下喷段子，那是我们最快乐的青春。

毛球毕业后不肯回南方，在西安的一个画廊找了份工作，执意要留下来。她爸没办法，又心疼女儿上下班辛苦，就给她买了辆宝马车。后来我们在二府庄村口挽起袖子吃地摊烤肉的时候，屁股后头就经常停着一辆极其醒目与周边环境显得不协调的大红宝马。

和很多城市小情侣不一样，李山一直没和毛球同居。李山说他做音乐需要独立的环境。我们都猜是李山好面子，不愿意搬进毛球租的高档公寓，又不忍心毛球跟着他在民房里受苦。

还好毛球是那种比较乖的女孩，一般李山说什么就是什么了。毛球经常过来找李山，李山没事的时候也去她房子里做好饭等她下班，吃完饭两人窝沙发上看个电影，李山再慢慢散步回来，穿过嘈杂的城中村夜市走回他的狭小民房，就这样，两人感情居然也一直很好。

李山是当时我们见过的男生里最整洁干净的一个，虽然条件艰苦简陋，但不管什么时候去他家，地上都是干干净净的，脏衣服永远是及时洗掉，挂在简陋铁窗外滴着水珠。大家都表扬李山，看不出来长得五大三粗的，居然还有洁癖。李山光笑不吭声。

后来李山在长沙时一块演出的乐队弟兄们来西安玩了几天，大家才知道，以前他们乐队几个人租住在一套公寓里，最脏的就是李山，脏衣服能捂到发霉。大家问李山，李山支支吾吾，老半天才说："毛球一过来就翻脏衣服洗，觉得她上班怪累的，反正我也没什么事，换下就赶紧洗了。”

李山对毛球确实很好。黑子有天找李山，两人约好在村口见。李山刚从南门卖唱回来，背了个吉他，怀里鼓囊囊的。黑子信手一拳打向李山的肚子，说：“你这怀胎几个月了，搞的什么玩意？”

李山“嗷”地惨叫一声，赶紧脱大衣，原来里面捂了杯热饮料。黑子后来眉飞色舞地讲给我们听，原来是毛球爱喝南门边一条小巷里卖的鲜榨甘蔗汁，毛球胃不好，只喝热的，李山每次去南门唱歌都会给她捎一杯，敢情李山一直都是这样给甘蔗汁保暖的。

李山和毛球走在路上，什么时候毛球喊声累，李山都二话不说，不管身边有没有人，就弯下腰去背着毛球走。李山长得五大三粗，毛球伏在他背上看上去就像他娇小的女儿，毛球在他背上笑得眉眼弯弯。

我们都骂李山闷骚着。长得五大三粗的一人，与温柔起来那张脸和满眼让人掉鸡皮疙瘩的温情一点都不协调。

毛球有次问李山：“你为什么对我那么好啊？”

李山一边调试他的音箱，一边头也不抬地答道：“因为你在我身边啊！”

毛球从后面搂着他脖子，咯咯笑着说：“那你这辈子还不累死，我肯定一直在你身边啊。”

这小画面是李山自己告诉我们的，那天他喝多了。那时候他和毛球已经分手很久了。

他们在一起的时候，毛球所在的画廊李山从来不愿意去，有几次天气突变，李山去给她送伞和大衣，也是站在她们单位楼下比较隐蔽的拐角处等她下来取。

毛球不解，问他为什么。李山说：“见了你同事不知道说什么，就不上去了，免得尴尬。”

我们都知道，李山不是害羞的人。但他为什么不喜欢见毛球身边人，我们也不知道。

有人猜李山没那么爱毛球，也有人猜李山只是自卑，高中毕业的他不想面对画廊里那些艺术白领。谁知道真相呢，最摸不透的就是别人肚里的事。

李山后来还是去过一次毛球工作的画廊，是二〇〇八年汶川大地震的时候。

那次汶川大地震，西安受到影响，震感强烈，我们身边发生了很多故事：那天印度和飞饼正在朋友的西餐厅里帮人试菜，印度事后一直笑话飞饼，她被他拉着跑出餐厅的时候，还没有忘记伸手从盘子里抓了两只法式焗蜗牛，一边跑一边把其中一只塞到印度嘴里；那天顾显涛正和宋芸吵架，准确说是被宋芸骂，地震一来，顾显涛冲过去一把把宋芸扛在肩上就跑，从十一楼冲到楼底只花了一分多钟，号称众人中的跑神；那天蒋汀汀不停在同学群里说话，问众人好，大家都知道，她其实是担心当时在宁强出差的宋波是否安然无恙；那天黑子跑不过他的女侠张小淼，是被张小淼拽着跑出教学楼的，事后被学生们笑话了很久……那一天发生的故事，后来有些被人甜蜜回忆，有些让人黯然。

李山当时正躺在他的地铺上补觉，当时他的第一反应是自己最近可能米线吃多了有点营养不良，天旋地转的。然后听到楼上楼下都落花流水地跑，才反应过来是地震了。

李山从地上跳起来就往毛球所在的画廊狂奔。

李山一口气跑到画廊楼下才反应过来自己没拿手机。

楼下早已站满了密密麻麻的人，都是从楼上跑下来的各公司职工。李山在人群里转来转去也没见着毛球，借了别人手机打电话也打不通，在那种特殊时刻，怎么打都是占线。

李山急得没了办法，只好在人群里挨着问，有某某画廊的吗？很快就站出来个矮矮的胖子，一见李山就说：“哎呀，你是毛球的男朋友吧。”

胖子是毛球的老板，说没注意到毛球，似乎没见下来。

李山一听，急眼了，立马就要往楼里冲。身边的人一听都劝他有余震，危险，大家都好不容易跑下来，没有再愿意上去的。李山根本不理。那胖子见状，把李山拉到一边，给了他一把公司的钥匙，让他上去找毛球出来时顺便帮他把大门锁了。

李山跑到十三楼画廊，找遍了，也没见有人。他第一次看到了毛球的办公桌，很好认，因为毛球用的杯子和电脑屏幕上都是他俩的大头照，桌子上还有一个木相框，里面放着一张毛球在他简陋音乐工作室里偷拍的他专心工作时的照片。毛球一坐下，办公桌上到处都是他，难怪毛球的老板能认出他。

画廊里没有人，李山安心了些，马上锁了大门往楼下走。整栋楼里除了他就只有两个留下来善后的保安，因为害怕余震不敢坐电梯，他们仨徒步往下急走。跑到八楼的时候传来震感，三个小伙子开始疯了似的加速跑，到了楼下，阳光一照，颇有点劫后余生的感觉。

李山去毛球家，没见着人，刚走回二府庄村口，就看见毛球那辆醒目的大红宝马。毛球正蹦下车甩上车门就要往村里冲，李山喊了她一嗓子，毛球愣愣地看过来，然后就像一枚炮弹一样冲了过来，紧紧吊在他脖子上。毛球脸上湿漉漉的全是眼泪。

原来毛球这天本是要外出办事的，不用去单位坐班。地震的时候毛球正和一个画家约在茶楼谈事，跑出来后她就不停给李山打电话，要么打不通要么通了没人接，联想到民房质量不好，毛球吓得魂飞魄散，一路从大北郊往回冲。

那天，李山和毛球一样在二府庄村口搂着哭哭笑笑，鉴于那天这样的状况太多，他俩倒也不是很醒目。

知道老板把李山骗上楼锁门的事情后，毛球特别生气，第二天就冲到老板办公室，决定骂完他就离职不干了。但毛球是个不会骂人的姑娘，她冲进那矮胖子的办公室后，憋红了脸也没想出一句骂人话，于是硬邦邦地甩了“可耻”两字后，转身就走。走两步又后悔了，觉得那俩字气势太弱，又扭头“呸”了一声。然后就雄赳赳气昂昂地抱着那一堆她和李山的大头照走了。

地震事件后，毛球决定同家里说她和李山的事情。

之前毛球就想说，但李山不同意，毛球心知李山是觉得他现在什么都没有，她也怕父母不同意会说难听的话，也就忍下了。地震一事后，毛球觉得，感情说到底是两个人自己的事，只要两人够坚持，就算父母不同意也无法代替他们做决定。毛球心里这么想，就自己拿定了主意。

毛球父母一听就急了，第二天毛球妈作为代表坐飞机过来了。

毛球特地去商场给李山买了身笔挺的新衣。李山这次没犟，老老实实收下了。

在餐厅，毛球见李山穿着她买的那身衣服来了，心就放肚子里了。但李山坐下后一开腔，毛球就僵了。李山恭敬地向毛球妈问了声好，然后就扭头问毛球：“其他人呢？怎么没见其他人？”

李山跟毛球妈说，他和毛球是朋友关系。

毛球妈明显松了口气。毛球电话里早就交代了李山的家庭背景，这种背景的年轻人，毛球爸妈是看不上眼的。

从餐厅出来，毛球妈很热情地跟李山挥手再见。上了毛球的车，就拉着女儿的手劝道：“这人条件不行就算了，我看他待你也没啥真心，赶紧拉倒了。”

分手前，毛球问李山：“你是不是一开始就没打算和我有结果？”

李山老老实实地答了声：“是。”

毛球“啪”一耳光就落到李山脸上了。

这是毛球生平第一次扇人耳光，从伸手到扇完转身走掉，李山看到她那只手一直都是抖的。

这一别，就再没有转身过。

我问李山为什么要说违心话，李山沉默了好久，说：“我真没想过能和毛球有什么结果。”

我愣了，好半天才想起来问他：“那你爱她吗？”

“爱。”李山答得很干脆。

“所以和她在一起的时候，总是想对她好一点，再好一点，因为知道不会永远拥有对她好的权力。”李山说。

爱，但是从来没想过要娶她。因为从一开始心里就知道最后不会在一起，所以在一起的日子里，只想趁着良辰，把这一生的温柔都给她。

毛球回了浙江老家，带着一腔伤心，做回父母身边的小公主。

毛球走后第三年，李山突然出奇的顺遂。他先是被西影厂的一位制片人赏识，成了他手下一名录音师。因为上司的大力推荐，他在小工作室做出来的那些音乐也大多被采用。

再后来，李山应北京音乐人朋友的邀请，成了北漂一族。在那里，他找到了更广阔的天地，负责了很多知名热播电影电视剧的预告片音效制作，一些知名广告片配乐也出自他手。

我们的初中同学李山，就这样以迅雷不及掩耳之势，突然混得风生水起。老家小城里，很多人以在屏幕上看到他的名字为荣。

李山到北京后桃花运也很好，先后交过几个女友，都是很漂亮的女孩子。但他的恋情总是很短暂。他的好兄弟张宝钟说因为他粗心、懒惰，不会对人家女孩好，恋爱起来不用心。

我不信，因为总是想起那时候的他和毛球。

身在浙江的毛球早已经结婚生子，嫁的同样是个富二代，新买的房在西湖旁边，现在每天热衷的事就是在微信朋友圈里晒女儿照片。毛球的女儿和毛球一样，笑起来眼睛眯成一条缝，没心没肺的甜。

算起来，他们分开已经是五六年前的事情了。

五六年，够李山忘记二府庄那点陈年旧事了。

去年，大家回老家过年，又聚在了一起。

饭桌上，李山坐我旁边，他多喝了几杯酒，斜靠着椅子坐得很懒散。不知道为什么，我们聊起了毛球。

李山告诉我，曾经有次毛球问他为什么对她那么好。

“你为什么对我那么好啊？”

李山当时一边调试他的音箱，一边头也不抬地答道：“因为你在我身边啊！”

“那你这辈子还不累死，我肯定一直在你身边啊。”

毛球从后面搂着他脖子，咯咯直笑。

那笑声后来一直都在，笑到他的眼泪悄然迸出来。

李山拿出手机，醉眼蒙眬地盯了一会儿，又放下，叹了口气，说：“如果早知道自己有天也能混出点人样，那时候怎么也该勇敢一点。”

我不明所以，拿过他的手机。

他的手机屏幕上，还是那一年的他和毛球，两人一起笑眯眯看过来，看过来。像不知道终要分离。

爱·谏言

爱情离开后，念念不忘是最无用的遗物。如果不能在途经爱情后成为一个更好的自己，就是辜负了那一场爱情。

最无用的是念念不忘

黑子的女朋友张小淼是不可小觑的。喝啤酒是用瓶喝的，穿高跟鞋走路是飒然带风的，修家电通水管都属一把好手。论文，她骂起人来是不带脏字的；论武，跆拳道黑带九段是必须的。

同是大学辅导员，黑子和很多老师监考时都避免不了鸡飞狗跳，而张小淼监考的考场却鸦雀无声。在学校四大“阎王”监考官名单里，张小淼名列榜首。

系里有失恋的醉酒男生在晚自习教室打滚哭嚎，一米八几的大个子疯起来哪个老师也不敢上前。张小淼拎了四瓶太白过去，往桌子一拍，微微一笑，道：“这么爱喝，跟我上校门口喝去？”

之前还醉得手舞足蹈的男生一下就敛起了醉态，乖乖回宿舍睡觉去了，临走前还不忘把自己扔得满地的啤酒瓶都收拾好扔进楼道口的垃圾箱。那时候，黑子和张小淼还没好上，他和几个年轻男老师都在围观的人群里，目瞪口呆地望着张小淼拎着四瓶酒走出教室的潇洒背影。

两人好了以后，黑子对张小淼的仰慕更是与日俱增。

黑子想把开了不到两年的小车转手卖了，托人问，最高出价七万，折价一半。张小淼听了，二话不说帮他把消息挂在了同城网上，一联系，下午就以九万的价格出售，当天来人交款提车。

楼上漏水冲花了黑子的卧室。楼上是租给租客的，屋主正在外地出差，电话里说请黑子自行修理，回来全款报销。黑子请了三天假，陪着小工修补了三天，花七百块钱修好了。屋主回西安以后，却说什么也不肯认账了，黑子抱着一颗自认倒霉的心，打算就此算了。张小淼知道了，找到那人的工作单位，当着他众同事的面客客气气有理有据地和他谈了三分钟。那天张小淼还没走到家，一千块钱就打到了黑子的账上。

黑子习惯了仰视张小淼。作为一个内向了二十几年的文科男，在强势的张小淼面前，他常常有种错觉：世界是张小淼的，张小淼是他的。这让他很知足。

不管发生什么事，只要看见张小淼站在那里，黑子的心就放到了肚子里。他觉得她像他小时候于烈日下擎在头顶的那片海芋叶，是他的一角天空。

其实黑子觉得，看似强悍的张小淼，是个心里揣着很多温柔的姑娘。

张小淼喜欢小孩，喜欢植物，喜欢小动物。

家里的阳台被张小淼养得一片郁郁葱葱，其中有一盆龙沙宝石，每到春天就开出一团团拳头大的漂亮花苞，黑子也非常喜欢。那个品种的花是西安的花市上没有的，张小淼说这是她老家一个爱好植物的人养的，被她要了过来，一路抱着坐火车到的西安。

张小淼还会定期地去喂院子里的那几只流浪猫，后来那几只流浪猫都能听出黑子和张小淼的脚步声，每次他俩一走近，它们就列队般蹲在路边等着，两排亮闪闪的眼睛，如夜色里两排小灯笼一样。从戒备到亲昵，后来那几只流浪猫吃完了也不跑，其中有一只还想来蹭张小淼，张小淼总是飞快地一巴掌抽在凑过来的猫头上，那猫惨叫一声，便率领众猫飞奔而去。那一掌，真是抽得毫不留情。

张小淼淡淡地跟黑子说：“以后如果你自己来喂猫，喂完也记得打它一下。如果你不能收养它，就不要让它太依赖人，让它保持戒心，以免以后惨遭伤害。”

黑子那一刹那有些心惊，心里柔软又唏嘘。

张小淼对黑子，有时很温柔，有时又很暴躁。

温柔的时候，黑子说什么都好，她对他笑起来的样子，眼睛像最温柔的月牙。

暴躁的时候，她像一只二十四小时待点的炮仗，黑子不知道哪句话就点到了她的燃点。

两人去看电影，张小淼问黑子看哪一场。黑子说随便。张小淼一下就在排着的队伍里炸开了，说：“有哪场电影叫随便？随便随便，哪来那么多随便？一个大男人一点主见都没有！”

两人排了十几分钟的队，她甩甩手就走了。

两人去一家餐厅吃东西，上来的菜都不好吃。上汤娃娃菜像白水煮出来的，小炒肉里放了莫名其妙的干黄酱，总算有盘清炒苦瓜没有做成黑暗料理，所用的苦瓜却老得像西红柿一样红。黑子的宗旨是多一事不如少一事，能忍就不要出声。

当黑子埋头默默吃饭的时候，坐他对面的张小淼又炸开了，吼道：“表情那么痛苦做什么？不好吃你就说啊！不好吃就是不好吃，你低头不说话它就会好吃了吗？你为什么总愿意憋着口气吃自己不喜欢吃的东西，就不觉得委屈自己吗？你这样的人生有意义吗？”

张小淼骂着骂着眼圈都红了。黑子就蒙了，不就吃个饭吗，为什么能上升到人生意义的高度？后来，张小淼把厨师和餐厅经理都叫到了跟前，噼里啪啦骂了一通，然后一摔筷子走了，剩下黑子一个人在那儿接受两人诚惶诚恐的弯腰道歉。

后来，黑子才明白，张小淼骂他的时候是把她自己代入了。

黑子向张小淼提过很多次见家长和结婚的事，张小淼都没有答应。她的理由有很多：还不到时候、这阵儿特别忙、她做义工的流浪狗收留中心最近有几只狗同时得了病她没心情……

没有新理由的时候，张小淼就提出了分手。

黑子一下就急了，马上表态再也不提结婚的事了，什么时候她想好了什么时候结。

但张小淼不答应，她只要分手，说自己和黑子并不是一路人。

张小淼当天就在家收拾东西。

黑子说："真要分手也是我搬出去，你一个女人搬个什么劲儿，找房是件辛苦事。"

张小淼特别冷静地告诉他："不用了。我已经办了离职了。我准备和几个驴友去趟冰岛，我只带走随身物品，其他东西你留着吧，不要的打包丢了。"

张小淼当天就搬走了，只带走了她的衣服和日常用品。

黑子给她发的短信，她不回，电话也不接。

黑子想不通，自己到底是哪儿做错了。

他的兄弟孙佳陪他喝失恋酒，喝多了，就大着舌头告诉他："你哪儿也没有错，只是人家没爱过。"

那时候，孙佳正要死要活地暗恋着他的女神米粒。

黑子脑海里每天都盘旋着和张小淼在一起的日日夜夜，他想不明白，张小淼对一只猫一只狗都那么好，为什么就不能再对他好了呢?

黑子想，张小淼是真绝情啊，泼出去的水她连盆都不想要。

什么叫不是一路人？黑子想不通。

"什么人啊，想一出是一出，不就是作吗？"喝多了的时候，黑子骂道。

张小淼离开的那段日子，黑子反常得像精神紊乱。

他是一个老实巴交的知识分子，素来喜静，最怕人多和热闹。失恋的第一个月，非缠着李山带他去酒吧玩，李山演出时就把黑子带上了。那天演出时台下的人玩嗨了，几个熟客开始玩“跳水”，轮番爬到台上往下扑，底下一堆人接住，在黑压压的头顶上抬着传。黑子喝了两瓶啤酒，也冲到台上去跳。

李山笑了笑，跟旁边的贝斯手开玩笑说：“看不出来啊，这孙子内心还挺狂野！”

话未落音，就见对面舞台的钢管舞开始了，穿比基尼的美女正抬着穿恨天高的美腿往台上走。李山还没来得及喊，黑子已经闭着眼睛来了个神情陶然的自由落体，而台下的一群人就在一瞬间全涌到了钢管舞台下，黑子那天摔得鼻青脸肿，体验了一把鼻梁骨折。

脸上的伤还没全好，黑子又加入了一个同城驴友团，周末跟驴友们穿越秦岭。结果爬到半路，体力不支掉队了，最后还和另外两个掉队新人一起迷路了。有人把这件事发到了本地大 V 微博上，引发全城关注。救援队跑去搜救到大半夜，待到黑子一行人凯旋时，三人的照片全上了报。

从默默无闻到全校知名，黑子黯然了，终于不再出新招，朋友们也松了口气。

因为张小淼短信不回，电话不接，黑子便写了很多邮件给她，问她好不好。

张小淼很久以后，才回了他一封，也是唯一的一封。信里只有一句话，张小淼说：黑子，最无用的是念念不忘，去走你自己的路吧。

黑子坐在办公桌的电脑前发了半天呆。中间进来个男生，问他：“老师你怎么哭了？”

是那个曾经失恋在教室里撒酒疯被张小淼震慑回宿舍的男孩。

黑子眼神游离地说：“哦，办公室漏水吧！”

男生抬头看了看办公室的天花板，又瞄了眼黑子的电脑屏幕，默默地退出去了。

全系的学生都知道他们的黑子老师失恋了，那个像女侠客一样的张小淼张老师离开他，去了冰岛。

有个学生给黑子邮箱写了封匿名信。

于是，黑子知道了一个故事，一个关于张小淼的故事。

那个学生和张小淼是一个地方的人，住在同一个工厂的居民小区里。张小淼的故事，他们全小区的人都知道。

张小淼和邻居家的男孩是青梅竹马，从小一起长大，但那男孩的妈妈自恃家庭条件好，一直看不上张小淼家。男孩的妈妈是厂里的副厂长，爸爸是市里的小领导，而张小淼的父母都只是普通职工。张小淼和男孩在上大学时还是好上了，一直偷偷摸摸好了很多年。男孩妈妈有所耳闻，打电话问男孩，男孩沉默不语，她便跑去跟张小淼的爸妈说了很多难听话。张小淼听说后，一怒之下就跟男孩分了手，并留在母校当了辅导员。心意黯然的男孩和朋友去了冰岛旅行，这一去就再也没回来。他在冰岛探险时出了意外，冻坏了双腿，在当地的医院里趁人不备自杀了。事后，男孩的父母很后悔，特别是他妈妈，一夜间就白了一半头发。但是后悔也挽回不来那个活生生的儿子了。事发几个月后，他们就搬走了，搬到了别的城市，再也没有回去过。

男孩的两次懦弱，造成了张小淼青春里不能磨灭的伤口。

那封匿名信还告诉黑子，男孩的爸爸很喜欢园艺，他家院子里有一株品种很特别的月季，是个园艺师专门送他的，每年春天开起来特别漂亮。他们家搬走后不久，那株花就不见了，有人说看见张小淼带走了，抱在怀里上了火车。

黑子按信里的时间算了算，那株龙沙宝石，在张小淼手里开了三年了。

黑子不再把张小淼挂在嘴上了。

在她离开他两个月后，他开始有条不紊地规划生活。上班、下班、考研、跟着美食软件学做饭、小心地侍弄花草尤其是那株龙沙宝石。

那几年，对黑子来说应该是人生急转弯的几年。

那几年，他上完研究生，主动告别了大学辅导员岗位出去应聘，先后辗转过几个公司，做过不同工作，现在是一家公司的副总。

那几年，朋友们都发现他脾气变了很多，不再是以前那个没有原则的老好人，不愿意的事情开始会说不，遇到不公平不合理的事情也会态度坚决地要求更正。

那几年里，张小淼留下的那株龙沙宝石被他养得越开越好，在黑子的阳台上蔓出一堵茂盛花墙。每年春天我们都要去看看它。后来黑子在南湖边换了个复式屋顶房，那株龙沙宝石便被带去种在屋顶花园里，有了更广阔的伸展天地。

我们都以为黑子已渐渐把张小淼忘了的时候，收到了他俩的结婚喜帖。

张小淼从冰岛回来后，去藏区支教了好几年，皮肤晒得黑黑的，两只眼睛愈发黑亮。她穿着洁白婚纱站在门口迎宾，就像一朵黑玫瑰。

新郎黑子忙里抽闲，经常扭头看她，眼里满是疼惜。

看着站在酒店门口的那对璧人，我们感慨，他们都被时光改变了，一个变得温润柔和，一个变得伟岸可依。

婚礼的大屏幕上循环播放着他们爱情细节的照片，其中一张是翻拍的旧照片，是黑子站在一堵美丽的龙沙花墙前温柔凝视，旁边写着：冬天的痛过去，花会在春天开好。张小淼，如果你走过来，请别遗忘我在春天等你。

在喧闹的婚礼现场，我突然想起一件小事。有一次，李山曾问黑子为什么变得那么努力。黑子答："想变得勇敢和强大一点，因为总会爱上一个人。"

变得勇敢和强大一点，因为总会爱上一个人。只有勇敢和强大一点，才能保护你爱上的人。

我们都在为所爱之人学习勇敢。因为曾经路过她的冬天，所以，想要给她最美的春天。

他们婚后，有次和朋友们在一起聊天。有人问黑子："你怎么知道张小淼会回来？如果她是不爱你的，终究没有回到你身边，你会怎样？"

黑子顿了顿，很认真地答："谢谢她来过，教会我勇敢。然后我会擦干眼泪走快一点，不要让前面属于自己的人等太久。"

张小淼一点也不生气。她微笑着望着他，然后对我们说："我就是喜欢这样的他。"

爱是好的。我们见过美好的东西，就要成为更有力量的人。

爱情离开后，念念不忘是最无用的遗物。如果我不能在途经爱情后成为一个更好的自己，我就辜负了那一场爱情。

你有我来不及参与的过去，我也有你无法触及的疼痛。如果我爱你，我在这里，等你淌过所有疼痛的河流，向我温暖的怀抱走来。

如果你不属于我，我也给你祝福，祝福那亲爱的来过我生命的人，让我看到这世间一幕别样花开。

因为爱过你，我就应该成为这世间更懂爱更珍重爱的人。

这是，我爱你的意义。

那来过的人，像一个烙印，烙在生命里，终究难能抹灭，与其成为伤痕，不如文成一处温暖印记。

每个印迹的使命都是温暖

分手有很多种，其中算得上惨烈的一种，是两个人心平气和坐下来，坐在地板上算一笔经济账。

房子是共同买的，屁股底下那块羊毛地毯是前年两人去西藏旅游时买下一路扛回来的，举目之处家里的每一处大器小件，都是两人生活的投影。

负责算账的是宋堇诗，她噼里啪啦地摁着计算器，从大到小，由近溯远，事无巨细地计算着杭畔和她之间的经济账。

房子宋堇诗不要。“两个人共同生活过的影子该让背叛者领着他的新人慢慢去消化，”她是这么说的。宋堇诗的账算得非常细，从房子的市价到升值空间都有考虑，包括很久以前杭畔买东西时钱带得不够从她，那儿拿过的几百几十块钱她全都记得。

杭畔目瞪口呆地望着她，不敢相信面前这个精明到市侩的姑娘是他交往了五年熟悉无比的宋堇诗，他几乎怀疑她那些年的迷糊劲儿全是装出来的。宋堇诗的智商在分手索债的环节中突奔到了二百加。

“难道女人受了刺激会发生基因重组的情况？”杭畔问他的大学室友朝辉。

不止杭畔，我们都很吃惊。

宋堇诗有多迷糊？这么说吧，大学那几年我们一直都怀疑，如果学校哪天突然组织严格体检，宋堇诗大概都不能顺利通过脑部扫描。女孩大多都有点小迷糊，但迷糊成宋堇诗那样，基本就上升到大脑构造是否完整的高度了。

宋堇诗过马路是从来不带眼睛的，我们宿舍每个女生和她出去过马路时都不得不胆战心惊地拉住她；大家一起出门去上课，宋堇诗肯定是最后出门的那一个，因为手机、钥匙、钱包、书和笔记本她每次总会忘拿几样，等她回去几次终于拿齐冲向教室，又常常忘了锁宿舍的门；去食堂吃饭，宋堇诗不是忘了拿打好的饭，就是把饭卡忘在窗口；洗好晾出去的衣服，没有个三五天宋堇诗是不会记得收的；宋堇诗从超市买回来的零食，常常在宿舍桌子上放了好几天也不见她打开吃，因为她总忘了那是自己的；买东西时找回来的零钱，宋堇诗永远不会记得去数一遍……

每次逛街，宋堇诗的随身物品总要遗落那么一两样，大学几年只有一次例外。那次，我、宋芸和她一起出门，宋堇诗灵机一动，把手机、钱、银行卡、公交车卡分别交给我俩保管，她得意扬扬地夸赞自己道：“这次我可什么都丢不了！”

在商场逛了一会儿，我们就发现宋堇诗不见了。我和宋芸一个满商场绕圈找她，一个守着电梯查看上下的人，七层高的商场我们一层层排查了个遍也没见着她，找了上下三圈，我俩实在累得不行了，抱着她已回宿舍的侥幸心理打道回府，结果人没在。我们等到晚上，都准备找辅导员商量报警了，结果宋堇诗黑着脸回来了。她没找着我们，走了六站路，后来实在走不动了，在公交车站牌边问人要了一块钱坐车回来的。大学里出去逛街唯一没丢东西的一次，宋堇诗差点把自己丢了。

还有一次我亲眼看见宋堇诗拎着一盒打包的盐煎肉盖浇饭回来，欣喜地将满满一盒饭菜吃完后，抱着本小说看。过了不到一小时，宋堇诗见宿舍人陆续出门吃晚饭，她开始下床从抽屉里摸出来零食吃。吃完两根香蕉、一个苹果、一盒酸奶、一桶饼干后，她叹了口气，道："算了，晚上就不下楼吃饭了，胃胀胀的。"

我惊呆了，原来她忘记自己已经吃过晚饭了！

宋堇诗是怎样活到这么大的，一直是我们宿舍的不解之谜。我们对宋堇诗的鉴定是：这姑娘也许是有脑子的，只是一般不把脑子带在身上。

这样的姑娘，在分手时能成为跟男友清算钱款最精明的那一个，谁能相信？

而那些分手时再惨烈再不堪的恋情，当初也是浪漫过的。

杭畔对宋堇诗的告白是我们学校的标志性事件，动静闹得很大。早期我们学校校领导不知道是怎么想的，在我们这栋女生宿舍楼和对面的男生宿舍楼之间建了座相连的桥。那回杭畔就在桥上弄了上千支红烛摆了个大心字，外面一圈是烟花，当他的室友们上去点燃烟花的时候，他就站在红烛中间大喊宋堇诗的名字，然后进行毫无创意的告白。这在现在看来老掉牙的情形在当时还是很新潮很让人羡慕的，宋堇诗感动得双眼噙泪，冲上天桥就与之相拥，霎时两栋楼掌声雷动。校方领导闻讯赶来，为了处罚这对小情侣，让他们当即把地上所有的蜡烛打扫干净，其他同学不许帮忙。他们俩打着手电趴在地上清理了近一小时，两栋楼的男生女生为了陪他们，自发开展两楼间的情歌拉练赛。在那一晚的歌声里，他们俩的身影被当时的每个同学都记在了心里。

有个小插曲，据说那天正是情浓的时候，宋堇诗看了看四周燃过的烟花筒，对杭畔说："哇，这么多烟花，咱们放烟花吧！"

杭畔扑哧一笑，道："这些刚才不是放过了吗？"

当年杭畔的出现，简直是对宋堇诗的救赎。杭畔体贴心细，他们俩在一起以后，他就成了宋堇诗外挂的大脑。每天睡前都打电话问："小傻瓜，隐形眼镜卸了吗？不能戴着睡觉哦！""睡前牛奶喝了没有？"

外出时，宋堇诗所有物件都被杭畔保管好，她唯一要携带的就是杭畔的手。过马路时，杭畔永远像呵护珍宝一样，把宋堇诗挽在背对车流的那侧的臂弯里。杭畔把宋堇诗每月来月经的日子都一一记在日历上，提醒她注意这注意那。

到两人毕业工作时，杭畔也是体贴入微。做房地产销售的宋堇诗竟然不会网上注册账户，不会修改图片大小，不会发帖。所有与网络有关的，除了网上聊天看小说看电影打游戏和做每日在单位必交的报表，其他的宋堇诗都不会。其实说白了，就是懒。这些杭畔都替她做了。杭畔每天下班回来，就坐在电脑前，一边帮宋堇诗处理这些，一边笑话她是头小笨猪。

杭畔，是那些年我们眼里的典范男友。

当典范也会背叛的时候，结局难免让人唏嘘。

宋堇诗和杭畔自大三时在一起，两人恋爱了六年，扛过了毕业分手潮，扛过了初入社会时成熟异性的诱惑，扛过了刚开始打拼时的贫穷窘迫，算是非常不容易的一对了。但到底，杭畔没有扛过和异性同事一起单独出差N次后的出轨，从身到心。

恋爱时男人眼中女人可爱的迷糊与脆弱，在不爱后都变成不堪重负的拖累。在杭畔越来越多的疏忽与埋怨里，宋堇诗感觉到了两人分手在即。但当杭畔坦言的时候，宋堇诗还是崩溃了。

是啊，谁能轻易地接受离别通告呢？一个人决定要走了，另一个人的双脚还沉沉地恋着原地。那些爱是怎样变成爱过的，谁也不知道，谁也不能阻止。徒留原地的，是被遗留者的伤心。

人到伤心处，最容易拿出来的表情是绝情。宋堇诗算完账，房子家电都归杭畔，杭畔总共要付她三十七万六千四百元。账目分厘清晰，不抹零。

宋堇诗一字一句掷地有声，要求杭畔在一个月内必须筹款结清。

杭畔冷笑一声，立即答应：“不到最后，真是看不清楚一个人，到头来你也不过是个拜金女。”

宋堇诗不甘示弱斜睨一眼，道：“对人行人事，跟鬼过鬼招，跟我讲感情，你不配。”

一对昔日鸳鸯，至此反目。

他的臂弯曾是她最好的枕，他的一点不快乐都曾牵动她的心，他们都曾是这世上最在意对方的人，却走到不如陌路的结局。

更多的戏码在后面。杭畔在筹钱的时候才发现，钱根本不是那么好筹的。混到这个年龄，哥们儿都是买房的买房、买车的买车，不管混得好不好，都在力扛家室，没有几个人手里能有闲钱自由支配。而一些狐朋狗友，更是闻借钱而四散，有的听闻他在借钱连电话都不肯接了。一次分手事件，也算让杭畔见识到世态炎凉。

而宋堇诗开始了马不停蹄的逼债时光。打电话，发短信，QQ，堵到杭畔单位楼下。杭畔一个头两个大。

宋堇诗拿不到欠款，小钱也不放过。在一起那么多年，宋堇诗对杭畔的收入熟稔于心。发了多少工资，哪个项目应该分到多少钱，宋堇诗当着杭畔的面算得一清二楚。杭畔窘得满面通红。

连我们这些宋堇诗的女友们，都开始同情杭畔，觉得宋堇诗太过分。

和宋堇诗出来吃冰，刚提到杭畔，宋堇诗就开始发飙，大喊道：“你们都替他说情，都说他不容易，有没有人想过我的感受？出轨的是他不是我。在学校的时候也是他先爱上我的，不是我非要爱上他，他为什么要在我并不需要他的时候出现在我的生活里，在我以为下半生就是他的时候，他又扔下我？”

宋堇诗拿着吃冰的小勺一下一下愤怒地戳着桌面，咣咣作响。

然后她伏下身去，良久不肯抬起头。

是啊，那个人为什么要自作主张地挤进我们的人生，又擅自离开？

我回答不出宋堇诗的问题。

后来，宋堇诗似乎自己找到了答案。

分手五个月的时候，杭畔还是没有钱还她，只凑了十万块钱还她。宋堇诗很久没有追债，听说交了新的男友。

宋堇诗有天来找我的时候气呼呼地说和新男友逛街时对方没有看好她，两人在人堆里走丢了。我忍不住大笑出声，想起她大学时的种种。

我说："这个真不能怪人家，谁不知道你宋堇诗是条迷糊虫。"

宋堇诗不服气地争辩道："以前和杭畔在一起，他从没把我弄丢过。"

我一时不知道接什么话，宋堇诗自己也觉得这话说得不合适，便不再出声。

他们在一起的时间太长了，那些共同度过的时光就像烙印，每一个细节都铭心刻骨。

"还可能在一起吗？"我问她。

宋堇诗对我摇摇头。几秒钟后，她思索着，又摇了摇头。

那个不会在人群里弄丢她的人，已经消失在人群背后了。

出冰店的时候，我们要过马路。宋堇诗和我走到路口，又停了下来，她拉了拉我的胳膊说："我们走天桥吧。我们折回去爬天桥。"

走在车流之上，我想起来，杭畔是从来不让宋堇诗横穿马路的，以前每次抓到她走捷径置身车流他都会生气地训她半天。

离开的爱情之下，遍地是那人的投影。

不久后，杭畔妈突发病住院，杭畔再度四下借钱。

事发紧急，各自家属都谅解，这次大家纷纷解囊相助。宋堇诗也来了，送来十万块钱，请朝辉代送到杭畔手里。那是杭畔还给她的十万块钱，包得整整齐齐，包钱的报纸都没有换。

有人猜她是不是还爱着杭畔，却见她和新男友亲热有加，已然快速度过磨合期。宋堇诗已然不是那个事事需要男友跟在后面婆妈叮嘱的迷糊姑娘，在新男友眼里，她聪明独立，主张鲜明，他望向她的爱的目光里有欣赏。

所有人都在爱里成长。有人成长得太慢，有人离开得太快，不是所有爱过的人都有相守的缘分。命运里，来改变我们的是一些人，爱上我们的，常常又是另外的命中人。

宋堇诗私下同我说："那时种种的纠缠，无非是舍不得，没有了爱，能找他索求的也就是钱了。后来想明白，来过我们生命里的人，大概都是来教会我们一点什么东西的吧，如果非要记得，那么记得他的好，遗忘他的坏，这样比较容易走下去。"

那来过的人，像一个烙印，烙在生命里，终究难能抹灭，与其成为伤痕，不如文成一处温暖印记。

我一直都会记得，在他们分手后，有次在宋堇诗空间里看到一段话："原来，不知不觉，我已经学会下载歌曲，学会安装软件，学会上传照片，学会修改图片大小，甚至有耐心在网页慢慢注册，我曾抵死不会的，原来都已学会。我不再横穿马路，已经学会行走天桥。为什么呢？阳光太明亮，我不敢说出谜底。"

为什么呢？在你之后。

阳光太明亮，我不敢说出谜底。

你离开之后，我身边不再有你，可是这尘世烟火依旧，我们也只能滚滚向前。

那么，再见，温暖的印迹。

分开并不是这世间最残忍的事，山高水长，不是所有的爱人终会在场。

只想与你说说话

另类群体，好像是很小众的事情。

我们都曾在路上遇到过盲人、失聪者、在事故中面容受损的人、轮椅代步人……我们不知道他们到底经历过什么，但灾难的影子让人难以直视。作为一个稍有素养的人，在遇到这些不幸者的时候，我们总是很快把目光跳开，看树看花看前方，继续走自己的路，心里怀着一点悲悯。

是啊，在不可预估的事故降临之前，年轻的我们谁能想到有朝一日会需要用一辆轮椅代替双脚行走？

在我的朋友里，第一个用上轮椅的倒霉家伙是秦路桐。

秦路桐去监察公司工地的那天早上，像往常一样甜蜜地吻了江小月，他们约好晚上一起去大唐芙蓉园门口一家新开业的重庆火锅店吃火锅，然后再去旁边不夜城看一场夜场电影。

当头顶那块预制板从天而降的时候，秦路桐就知道这一切都不复存在了。他在那一刻闭上眼睛，同与江小月有关的余生作别。

那场事故的结果是，秦路桐从死神手里逃了出来，却因此砸伤胸椎而落成下肢瘫痪。秦路桐第一次知道了什么叫命运弄人。

出事后的前三个月，在大家的鼓励下，秦路桐打了鸡血似的投入康复训练。病友们说得再悲观他也不能接受下半生不能行走的事实。他和江小月已订于年底结婚，他不要这样的不幸落在他们的生命里。

他自我催眠般一再同我们说："我相信自己，一定会重新站起来的。"

我们一个个都像小鸡啄米一样，拼命点头。

事发三个月后，秦路桐信心渐无，开始相信自己下半生要与轮椅为伴。秦路桐摸过电，试图割过脉，但每一次都被救下。

最后他终于放弃自杀，但坚决要把身边的江小月赶走。他还让我们帮忙劝劝她。

在此之前，江小月只习惯了他的温柔，没有听过他粗鲁讲话。

第一次，江小月走了，被他骂得狗血淋头后红着眼眶拉开门就冲了出去。

第二天，江小月又笑眯眯的肿着眼睛站到了秦路桐床前。

再然后，不论秦路桐怎么骂，她也只是嬉皮笑脸地站在他面前。

当秦路桐第N次说"江小月你是不是没人追，非要赖在一个残疾人这里"时，江小月已经可以神色自若对答如流，道："是啊，我就是没人追，你已经耽误我了还想不负责吗？"

身边的朋友慢慢都结婚生子，江小月成了引人注目的大龄剩女。卧床的秦路桐越来越不愿意理睬江小月，皱着眉头表现出很不想看见她的样子。

江小月时常缠着秦路桐出门，她说大雁塔的那片白月季开得很美，她说南广场的丹桂又开得很香。秦路桐不理她，当她是空气，不，是冷空气，秦路桐板着的脸像结了霜。

每次江小月一走，秦路桐就把家里请的护工小梁叫过来，推他去看江小月说的花。

月季真的美。丹桂也真的香。江小月说得都对。他的小月不骗他。

有一天，江小月抓过秦路桐的手，把它贴在自己的脸颊上，江小月疲惫地说：“路桐，别这样对我，好吗？如果你真的不爱我了，那就不爱我好了。我只是想时常过来和你说说话。我很累，没有你我走不下去。”

秦路桐没有吭声，他柔肠百结，把头轻贴在他膝盖上的江小月看不到他的忧伤。

江小月依然常常过来看他，她一来，秦路桐的家人和护工就都走开，只留下他们两人在房间。每一次都只有江小月一个人在说话。从单位家里的琐事，到路上遇见一只流浪小狗，一树花开。她的话很多，希望自己经历的一切都有他陪着。

秦路桐不说话，像一棵沉默百年的树，并决意在此后的风雨中继续沉默。

江小月趴在他床边睡着的时候，他伸手轻轻拂过她的发，极轻，像怕惊走一只林鹿。

江小月说的每一句话，他都记得，在她离开后的每个夜里温习。受伤后每一个失眠的夜晚，秦路桐拥有的不只是那轮慢慢爬过墙的白月，还有一个在脑海里絮絮叨叨越来越话多的江小月。

在网上看到英国科学家以芯片技术有效治疗瘫痪的消息后，秦路桐很激动。

我们去看他的时候，他一直大谈那项科技，神情里充满希望，他的康复训练也做得很勤。

“等重新站起来，我就去向江小月求婚。她肯定会答应我，对不对？”趁朋友们在客厅围看一档人气爆棚的娱乐选秀节目，秦路桐私下悄然同我说道，脸上带着一抹喜悦。

带上她最喜欢的银莲花，叫上所有她喜欢的朋友，扎无数飞翔的氢气球，在她觉得美的大雁塔，偷偷为她准备一场虽然自己觉得幼稚却能让她欢喜的求婚仪式。

我拼命点头，趁去洗手间的时候擦掉眼泪。

那时候，江小月已有两个多月没有去看秦路桐。

“大概她最近过得很好，没有任何烦心事，不需要来拉着我说话。这是好事。”秦路桐说，一副看得开的样子，“她已经陪我那么久，是我难为了她。等我好起来，换我去找她。”

不知道江小月若是知道秦路桐这样想，会不会觉得开心？

秦路桐好起来，已经是两年后的事情。

芯片技术是场空欢喜，无数病友曾和秦路桐一样欢欣鼓舞，最后发现不过是截瘫论坛里的又一场空欢喜。那几年，他们经历了芯片技术风暴、某专家在各大电视台鼓吹的神经激活疗法、云南某傣医的独门疗法、老中医的神奇针灸……每一次，都让这些日夜渴望站起来的人充满希望，在耗尽钱财后又黯然失望。

秦路桐最后还是幸运地站了起来，但不是因为任何“神奇”或“高科技”，依靠的是他一直以来没有放弃的锻炼和一位经验丰富专科老医生的调理与训练。他胸椎受伤位置偏下，找对路数，重新行走原来并非不可能。

经历这一场变数，秦路桐走路的姿势变得有些古怪。但对坐过轮椅的他来说，只要还能自由行走奔跑，人群中那一点古怪算什么呢？

唯一悲伤的，是他身边再无江小月。

那时，秦路桐不见江小月，也已近三年。

三年里，一切都来得及发生，足够一个人结婚、生子、遗忘前尘旧事。秦路桐的家人这样告诉他关于江小月的一切。

秦路桐心下黯然，他私下只说，如果早知道终要别离，那时的他应该待她温柔一些。

山高水长，不是所有的爱人终会在场。

几年过去，朋友家有的孩子身高都过了秦路桐的腰。秦路桐专心事业，整日守在自己的小公司里，一直没有交新的女友。秦妈妈急白了头，拉着大家给秦路桐介绍女朋友。

秦路桐不肯相亲。秦路桐说，爱情是碰来的，不是找来的。

有人问秦路桐，到底想找一个怎样的女友。秦路桐微微一笑，道："在我好或坏的时候，都能陪我说说话的。"

没有人接话，所有人都沉默。

秦路桐没有跟朋友们打听过江小月嫁给了谁。爱情里先离开的那一个，总是不容易被人提起吧?

你走了,只留我在原地。你走的时候忘了像他们所说的那样挥一挥衣袖，却从此带走了我整个春秋。

聚会时玩真心话大冒险。

黑子输了，前面摆着三杯长岛冰茶和秦路桐的一个问题。

秦路桐问："黑子，你有没有事情瞒着我？"

黑子一愣，二话不说，一口气喝光了面前三杯烈酒调的长岛冰茶。

下一个输的人是我，赢的依然是秦路桐。

秦路桐定定地看着我，问："江小月现在在哪里？"

我一口气吃完面前小碟子里那坨芥末，呛得眼泪横流。可以在人前放肆流泪，真好。

黑子的婚礼上，很多人喝醉了。一向稳重的秦路桐喝到双眼迷离，痴痴盯着新娘发呆，他说："小月，你穿婚纱好美。"

秦路桐没有哭，是身边一群喝大的男女替他落泪。醉得最彻底的李山，跌坐在地上捶地号啕。

在江小月的影子下，没有人忍心去看秦路桐的脸。如果世上有一种伤心，凄凉到让人无法直视，你望向秦路桐就会知道这种感觉。

江小月，你怎么就离开了呢？秦路桐境地最坏的时候，你没有走。秦路桐骂你赶你的时候，你没有走。秦路桐不理你当你是空气的时候，你依然都在。

在全世界都读到他爱你的时候，你不再发声。

我们都知道，直到如今，秦路桐还是会经常一个人跑去芙蓉园门口吃火锅，然后去不夜城的影城看一场夜场电影，每次都买两张票，让身旁的位置空着。每一次喝醉，他都叫着你的名字。每一次给新人随份子，他都署上两个名字：秦路桐、江小月。那两个名字，亲亲密密，肩并肩。

我们每个人都在向前走，只有秦路桐的时间是停滞的，他把自己停留在那一日，那一个他还拥有你的日子。

江小月在三年前查出小脑萎缩，开始慢慢出现走路不稳、头痛、间歇性失忆、吞咽困难等症状，后期行为也逐渐出现失控。

也许是不能接受这样残缺的自己，离开秦路桐的第七个月，江小月选择了烧炭自杀。

江小月的葬礼，我们都去了。葬礼上江小月的妈妈哭着说江小月临走眼睛还合不上，无论如何都合不上。

所有人都知道，江小月心中有她放不下的人。

秦路桐在网上见过那条女子烧炭自杀的新闻，报道所指就在江小月所住的楼。他不敢联想，不敢发问，曾盼望奇迹一样盼望消失已久的江小月能够出现。

他的心曾在某一日灵犀般的数秒锐痛。他曾梦见江小月同他告别，一袭白衣，笑意盈盈，他在梦里伸出手去，醒来满面潮湿。

他不相信她会离开他。

他宁可相信她只是离开他。

分开并不是这世间最残忍的事。

如果可以，我宁愿你在与我无关的生活里欢笑着，热闹着，俗世喧嚣。愿你在这世间重复爱情和烟火，如同你我曾拥有的那样。愿你被这世界温柔以待，无论那温柔里是否有我。

在所有的死别面前，生离都是恩慈的。如若可以，我愿历经这世间所有的分手课，只要你还依然好好活着。

秦路桐最终还是见到了江小月。

是我带他去的。三环旁边的公墓松荫蔽日，在江小月的墓前，秦路桐沉默不语。

从午时到夕阳，数个小时里，秦路桐只是默然直立，像园中一株护墓松。他伸出手，温柔地抚在江小月墓碑顶上，偶然摩挲。

我不敢离去，又恐惊扰他，唯有等待。

暮色里，只听秦路桐终于发声。他声音沙哑，轻声说道："小月，我想和你说说话。"

刹那间，我再也忍不住在他们身后泪如雨下。

这世间，每天有那么多人在爱里纠葛怨憎，而我只想和你好好说说话。

大概再也没有一种温柔，大过你坐在我的对面，巧笑言兮。

抱歉没能体面地爱过你

体面这种东西，是需要天赋的。有钱并不意味着就能体面。这个道理是张肃钟让我们明白的。

对张肃钟来说，体面这种东西就太玄了，可遇不可求，他从小习惯了出糗，早已默认了自己五行缺体面。

张爸生意做得好，是我们小镇上先富起来的那一拨人，张爸最扎心的事情是小儿子张肃钟太淘气，自他三岁起，夫妻俩挥着笤帚、鸡毛掸、木棒追过几条街道揍他那是三天两头常有的事。看张肃钟挨打那是邻里小孩的固定节目，一听说张肃钟要挨打了，所有小孩都蜂拥而至，张肃钟家门口的小巷道挤得爆满，行情比我们那唯一的电影院好，张肃钟就是生来脸皮再薄也早被大家笑厚了。

那时候张肃钟还不知道世界上有个叫李佳栖的女孩也是这样长大的。除了没他有钱，和他一样窘态百出。

张肃钟碰见李佳栖的时候，说不上谁更囧。

两人都在束河旅行，张肃钟脖子上挂着的尼康单反相机上配了个超长镜头，摄影界俗称“鸟枪”。一路上很惹游人羡慕，其中就包括新人摄影师李佳栖。

张肃钟瞄到了李佳栖手上的入门级单反，他欣喜地走向她，开口就问：“美女，你会不会关闪光灯？为什么我的闪光灯总是自己跳出来。”

穷摄影师李佳栖目瞪口呆地望着他，内心大喊一声晕倒，羡慕地暗叹：多好的一杆“鸟枪”啊，怎么就挂在这个鸟人身上……

与此同时，张肃钟也在暗想：这妞穿得这么波希米亚，转过来的脸居然长得也挺好看，张肃钟你棒棒的，终于运气好了一回。

李佳栖伸手就替张肃钟关上了强制闪光按钮，一副傲慢的专业人士的样子，让张肃钟这种厚脸皮的人也当场脸有些红。

两分钟后，正举着“鸟枪”到处瞄的张肃钟听到一声尖叫，他回头一看，小桥上飞快地围起了一堆摄影爱好者，正举着长枪短炮围着拍底下。张肃钟跑过去一看，原来是刚才那个美女掉水里了。李佳栖那时正蹲在地上撅着屁股拍一只流浪猫，没注意到后面就是小河渠，一脚踏空滚了下去。正是枯水期，渠底的水很浅，没不过她，只是情形太过尴尬，李佳栖那面波希米亚大摆裙铺陈在水草上就像一面摆拍的彩旗，而李佳栖垂死挣扎高举右手好让她的相机幸免于难的姿势，颇有几分烈士的悲壮。李佳栖坠落时下意识尖叫的那一声，招来一片热闹的脚步声。李佳栖来不及感动，就在游客们一片欢快的快门声中羞耻地捂住了脸。那天张肃钟是第一个跑过去伸手把李佳栖拉起来的人。把她拉上岸以后，张肃钟就忍不住捂着肚子笑了起来。李佳栖又恨又怒地瞪了他一眼，却也忍不住跟着哈哈大笑了。

两个大活宝就这样认识了。两人一聊，嘿，都是江西人，都混在南昌，正好回程时搭伴同行。

张肃钟是自驾来的。李佳栖搭了张肃钟的车，两个大活宝碰到了一起的结果就是一路上充满了彩蛋：聊天聊得太投机没注意到车没油了，结果两人在偏僻县道上黑灯瞎火地走了半小时才找到加油站；在路边的民宿里吃到了天价牛干巴，两人干脆选择逃跑，张肃钟让李佳栖从前门开车先走，他则假意上厕所穿越后面的田野与之碰头；两人贪图沿途景色弃高速不走多次迷路，两个“二百五”干脆把车停在草原里，在车里酣睡了一晚……

等两人像野人一样回归南昌的时候，已经勾搭得彼此动心了，当天就搬到了一起。

两个活宝的性格实在很搭。

张肃钟是朋友里的“富二代”，从小就习惯了出头买单。他的朋友们吃他的，喝他的，还要拿他开涮，每次聚会满场子都是围着张肃钟的段子在转，谁让他有那么多花样百出的囧事呢。

小时候考过零蛋；拿塑料袋装东西随手用了他妈妈的卫生巾包装袋，到学校一掏出来全班笑翻；学开车时鸡鸭狗猪都挨着撞过了一遍；在网上交了个女朋友，见面了被吓得直接在火车站口落荒而逃……各种糗事听都听不过来，每次朋友碰面还总会翻出新段子。

大家笑，张肃钟自己也跟着笑。现在多了个李佳栖，开始张肃钟的朋友们还会收敛点，后来发现说张肃钟的糗事时她笑得最大声，也就和从前一样放开了地侃了。

李佳栖自己也是朋友堆里的“女汉子”。一票女孩中就她不像女孩子，笑起来爽朗大气，做事情毛糙囫囵，什么事情都不往心上放，和闺蜜出门永远是她充当男生的角色拎包跑腿干苦力。和张肃钟在一起以后，再和闺蜜们一起，给她们拎包跑腿的就变成了张肃钟，即便有时她们的男友在，大家也都下意识第一位指使张肃钟。

有时候，他们各自的朋友还会在背地里暗地检讨一下自己是不是太过分了，可当事人，那两个神经大条的快乐“二货”一点儿也不在意这些。

他们快乐得没心肺的日子以李佳栖的移情别恋宣告结束。

李佳栖参加了一个同城摄影群，迷恋上了一个年轻的摄影爱好者，那人正职是大学物理系教授。

教授没有多少钱，过着这城中绝大多数年轻人一样交首付背贷款的按揭生活。教授的衣领永远干净整洁，说话的声音永远镇定悦耳，即使天突然降下大雨，他也会有条不紊地从相机包里为自己的宝贝相机摸出防雨的专用套袋，再变魔术般地抖出一件雨披。有次突遇几个外国人问路，他耐心而礼貌地吐出一句句发音纯正的英文，为了照顾对方，他甚至还体贴使用了对方的母语——法语来交流。那一刻所有摄影群的人都对他暗生崇拜。在教授从容得体的生活里，好像一切都已经被从容规划过，杜绝了一切慌乱难堪的可能。

李佳栖爱上教授以后，原本快乐至上的她就多了很多心思。别人再拿张肃钟开玩笑的时候，她再也不笑了，不仅不笑，她看张肃钟的眼神也开始有点古怪。最后连张肃钟那么迟钝的人也看出来了，她是在替他感到难堪。

张肃钟背地里劝她："没关系的，都是好朋友，他们没恶意的，就是开心一下。又不损失什么，让自己朋友开心一下又怎样呢？"

李佳栖很难过地看着张肃钟说："你就不想活得体面一点吗？"

那时候，李佳栖的心里比她脸上的表情更难过，她在想：我怎么会爱过这样一个人呢？他在人群里滑稽得就像动物园里扮鬼脸的猴子。

张肃钟也很难过，他有点瞠目结舌地望着李佳栖，不知道怎么作答。张肃钟知道自己不是走在人群里具备体面气质的人，这点他从小就经常被妈妈责备。但现在这些从李佳栖嘴里那样认真地吐露出来，就变成了麦芒，扎在了他心上最无力的地方。

李佳栖也不太和自己的闺蜜们玩了。张肃钟问她为什么，她说忙，顿了顿又说："也不喜欢在她们面前的那个自己。"

李佳栖想和张肃钟分手，提了几次，张肃钟都不愿意。

不就是体面吗，他暗想，我可以改啊，可以学啊。

但真的太难了。体面到底是什么东西？张肃钟也很绝望。

张肃钟最终还是和李佳栖分了手。

那天李佳栖参加同城摄影群的荷花群拍活动。那几个月的她很努力，每场群拍活动都不落下，自己平时也频繁出门拍照片，常常深夜还在修图或阅读摄影杂志。那段时间李佳栖在几个摄影网站上卖出去的图片数量是前几年的总和。不仅如此，她还开始从图书馆借阅很多的中古文学著作，熬着夜翻着字典学习，俨然要变身成知识女性。

不管怎么说，画风突变的李佳栖让张肃钟很惶恐。

那天，盛夏的南昌突然降了骤雨夹冰雹。大街上的人都纷纷蹿回家，张肃钟担心李佳栖的安全，直接开了车冲去活动的公园里接她。

看到公园长廊下一脸儒雅素净的男教授，和站在他面前拿着相机开心地仰起笑脸向他请教的李佳栖，反射弧超长的张肃钟突然瞬间开悟了，明白了李佳栖最近反常的前因后果。

是的，李佳栖爱上别人了，她不再爱他张肃钟了。

分手分得很和平，张肃钟主动搬离了他和李佳栖租住的房子，临走还大气地说了声祝她幸福。那大概是他在李佳栖面前最体面的样子。

出了小区大门张肃钟心里就后悔得要命。

他去找那群哥们儿喝了几天酒，借醉嚎了几晚上。又驱车回老家小镇上散心。

老爸做生意常年不在家，老妈一个人在。张肃钟说是回来散心的，也不怎么出门，一天窝家里吃饱了睡，睡饱了吃，不吃不睡的时候就把脚架在茶几上追电视剧。

“又辞职啦？”他妈斜眼看他，“你这一不高兴就甩袖子不干的毛病得改改。说真的，都老大不小了，该寻点正事做做了。”

顿了顿，他妈又说：“卡上还有钱花吗？”

张肃钟有点感动，回答：“有呢，你不用操心。”

他妈立刻说：“那你省着点花，最近别想着问家里要钱了，你爸跟你李叔搞得那个工程把钱全垫进去了，现在家里难啊，你爸愁得觉都睡不好。”

张肃钟忍无可忍翻了个大白眼，道：“妈，我失恋了！”

老妈终于停下了手里的鸡毛掸子，说：“这是谁家的姑娘迷途知返了？儿子，你就当积了个功德。”

张肃钟气得想吐血，只好大力往嘴里塞枇杷。

亲妈终于看不过去了，过来安慰他：“没事儿，不就失了个恋嘛。好姑娘多去了，改明儿再找一个，一样。”

“咋能一样呢？”张肃钟急眼了。

他妈说：“人和人咋不一样呢？就你碰上的这个稀罕。”

张肃钟把手里的枇杷核一把甩在地板上，眼泪掉下来了，说：“人和人怎么能一样呢？枇杷是黄的，屎也是黄的，吃起来能一样吗？”

他妈气得一边捡果核一边拿着鸡毛掸子抽他，说：“你看看你那鬼样子，快三十岁的大男人还哭得像条狗，我咋有你这么个混账儿子，你啥时候能有个体面的人样子？”

张肃钟被抽得屁滚尿流，当即冲出门发动车，大踩油门回了南昌。

张肃钟没地方可去，想了想，还是回了公司，低声下气地拿回了自己的辞职信，也搬进了之前被他一口拒绝的公司宿舍里。

张肃钟不想被朋友嘲笑了，有一阵儿没去找他的朋友们。他一个人上班、下班，也不在公司耍宝了，借着内心的苦闷想要活得像个值得尊重的正常成年人。

这年秋冬南昌不知道为什么刮了很多天的大风，风一掌一掌地掴着路人耳光。张肃钟观察着身边的陌生人，发现失恋的人好像很多。但那些看上去失恋的人，好像真的都比他更有人的样子。整座城市都在马不停蹄地失恋，没有多少人有时间停下来哭一哭。

他偷偷去看过李佳栖一次，躲在小区的树后面，被李佳栖发现了。他还没说一个字，李佳栖就走过来对他说：“张肃钟，我知道你对我好，但我是真的不爱你了，以后不要来找我了。”

张肃钟灰头土脸地往回走，他知道自己的背影看起来一定也很不体面。

体面这种东西到底长什么样子，是不是被老天抽中奖了才能拥有？张肃钟绝望地想。

不久后，张肃钟还是回到了自己的朋友堆里。因为他发现，不管他怎么消失，执着找他的还是那些成天嘲笑他的朋友们。大约是看出了他的钱包不如从前豪气，他们不再让他买单了，每次聚会都有人不动声色地提前把账结了。张肃钟和兄弟们在一起，又快乐起来了，他像从前一样，主动分享自己遇到的狗血好玩的段子，在自己被嘲笑时积极捧场。在那些仰头哈哈大笑的瞬间，张肃钟有时也会恶狠狠地想：去他的体面！

李佳栖后来找过张肃钟一次。是来借钱的。

她那教授男友的爸爸在一次肇事人潜逃的车祸手术中被意外发现身患髓系肉瘤，工薪家庭灾祸接踵，一系列的治疗费用高昂。男友用掉菲薄积蓄后，准备低价出售新房来紧急筹款。李佳栖不忍看男友焦头烂额的样子，最终决定厚着脸皮来向前男友借钱。

这要搁在以前，二三十万块钱，张肃钟肯定不当事。但现在已经被断了家庭支援的张肃钟就只能无奈地摇摇头。张肃钟辛苦凑了几天，把自己卡里剩的三万多块钱都取了出来，加上从朋友那里借的两万块钱，总共能给李佳栖的也就五万块钱，离医院给的预估数还相差很远。

李佳栖急了，红着眼圈对张肃钟说：“我不过就是不爱你了，不爱是罪吗？你至于这样奚落我吗？”

穿着洁白雪纺衬衫配卡其色九分工装裤，戴着一副玳瑁平光眼镜的李佳栖气呼呼地走了，连那五万块钱也甩手不要。一副优雅女文青打扮的她，其实骨子里还是张肃钟从前认识的那个混世女“二货”。

但张肃钟知道，她是真的不会再回头找他说一个字了。他们都是“二货”，知道“二货”的气节。

张肃钟觉得很难过，他们尚在一起的时候，他其实也怕过结局不够美好。但失去她以后，他才开始觉得，原来幸福没有那么多奢望，幸福有时候就是两个人之间能温柔谢幕。那一缕缥缈的幸福，他们之间不会再有了。

残酷的不是绝情，是绝情里留有温柔。他是无用的张肃钟，抱歉始终没有体面的爱，可以双手奉给他最爱的李佳栖。

爱·谏言

所有人都在爱里成长，磕磕绊绊，但那些缘分、那些际遇、那些曾被挥霍的心意从来不会等人。

我很好，只是弄丢了你

梁子是我在广告公司工作时的同事。当时我、他、黑熊、解冰、蓝莓几个关系很好，每天中午一起吃饭，并称“公司铁五角”。

梁子这家伙比较“二”，刚来公司上班的第五天，就突然把我叫到公司天台上。我从看到QQ留言到走在天台的路上心里一直很忐忑，不知道这个新来的小男生要跟我说什么。我是个要面子的人，很怕别人怀疑我要吃梁子这根接近90后的嫩草。

到了天台，我就发现自己多虑了。梁子站在我面前，露出一口白牙，明亮一笑，伸手问我：“姐，你有没有三千块钱，借我用几天。”

我承认我不懂90后的豪爽做派……

那天我借了钱给他，因为我有个和他差不多大的弟弟，那几年在北京，也是隔三岔五地缺钱。

借出去的钱，我从来不抱收回的希望。但梁子三天后真还了我。还我钱时，梁子还请我吃了顿饭，他嘿嘿一笑说：“姐，看你面善，就觉得你肯定能借钱给我。”

梁子是个没心眼的孩子，很容易认可一个人的好。因为我愿意借钱给他，他就觉得我是一个可信任的好人。于是吃饭时就积极主动地把自己的事像倒竹筒一样全告诉了我。

我这才知道，我对面坐了个小富二代。梁子家是陕北的，家里是做煤矿生意的。前几天他跟他爸闹得不愉快，他爸把他所有的卡都停了，对他实施了几天经济制裁。

梁子一口一个姐，叫得很亲近。他说他有个亲哥，跟我同岁，他爸比较偏爱他哥，现在他哥还单身，如果我愿意他想把我介绍给他哥，说要是我跟了他哥下辈子都不缺钱花。我还没说话，梁子又自顾自地担忧起来，说他哥什么都好，就是男女关系比较乱，总换着女孩带回他家。

话说到这儿，梁子又赶紧补充道："没事儿，到时你睁只眼闭只眼，不理他就行了。"

我哭笑不得，一口冰水噗地一下喷出来了。

梁子的坦诚是三百六十度无死角的。他交朋友的方式，是愿意跟你分享他的所有，包括隐私。

那阵正是"艳照门"横空出世的时候，公司同事们也总在讨论这个话题。

某天，梁子忽然神秘兮兮地邀请我到他的电脑前看样东西。我过去时，看见解冰和黑熊也在那。那阵蓝莓刚来公司，和梁子还不熟，还没有获得邀请的殊荣，但那绝对是蓝莓的福气。

梁子游戏女友，但对朋友没得说，十分仗义。隔三岔五请大家吃饭，他家人来看他给他带的特产和补品每次都分给我们，不收下他会生气。在外头玩，谁要对他身边人脸色不好，他立马冲上去就要干架。只要他把你当成朋友，不管什么事，找他准没错，他比办自己的事还要上心。

蓝莓的房东是个老色狼，把房子租给蓝莓后经常半夜敲门，蓝莓每次躲在屋里被吓得不轻。因为一次性交了半年房租，已经没有钱另找房子，蓝莓只能忍气吞声。这事梁子知道了，拍拍蓝莓的肩，大咧咧跟她说："没事儿，这事交给你梁子哥，给你办得妥妥的。"

几天后，蓝莓的房东头上缠着绷带来找蓝莓道歉了，并诚惶诚恐地表示除了收房租的日子绝不会再出现在她面前了。

黑熊失恋，梁子陪吃陪玩了一周，每天一下班就准时带着黑熊出去喝酒唱歌。梁子安慰黑熊道："三条腿的蛤蟆难找，两条腿的姑娘还不多吗？弄丢个姑娘算个什么事儿，这世上好姑娘多了去了。老天这是为了让你遇见更好的！"

梁子诚意满满，但本是个不擅长安慰的人，来来回回就那么几句话。听得黑熊不说话，低头默默喝酒。

在爱情里，梁子基本算得上是浑。

他曾在一周时间换过三个女友，他女友多得我们连他身边女孩的姓氏都记不过来。梁子欠下的情债，无法统计，他的 QQ 空间成天有怨女留言声讨，梁子删不过来，后来索性关闭空间。

在公司楼道一角，我们经常见到梁子在那压低声音接电话，不是宝贝来宝贝去就是熟稔于心的那套对不起。总之，他不是在战前进攻，就是在战后撤退。梁先生一直很忙碌。

有天吃饭的时候，黑熊和我们聊国际形势，聊得我们仨女性直翻白眼，后来解冰提出换话题。聊什么呢？没人想到好话题，解冰就点了点梁子，说："你讲讲你的情史吧。"

梁子一听，精神抖擞，袖子一挽，开摆龙门阵。说了十分钟，我头都快炸了，人名信息量实在太大，非我这种凡人可以消化。再看旁人，神色也都痛苦不一。解冰叹了口气，道："黑熊，你还是接着侃侃国际局势吧！"

梁子和女孩分手，绝大多数是他辜负别人，偶尔碰上先甩他的，梁子也不在意。偶有见他有些伤神，也不过两个晚上三壶酒的事情，他便忘得一干二净。“前面还会遇见更好的人”是梁子信奉的爱情法则。

“遇见更好的，就不会在意之前失去的人了吗？”蓝莓问。

“当然啊，”梁子答，“所谓长情的，都是因为还没有碰见更好的。”梁子信手拨乱了蓝莓的头发，在他眼里，蓝莓就是妹妹一样的小傻妞。

半年后，梁子离开公司，去了他爸的公司当家族企业里的二少爷。他爸几年前来西安投资了个规模不小的公司，见公司日益成熟，便举家搬了过来。

梁子刚过去的时候，手底下缺亲信的人，他问我们有没有人愿意过去帮他。我们都还在权衡的时候，蓝莓二话不说就办了离职手续。蓝莓对梁子的心此时已大白天下。

后来再出来聚会的时候，蓝莓的手果然被牵在梁子手心里，蓝莓笑得一脸羞涩。

大家都不看好他们。梁子做朋友没得说，但当男友实在不是一个好选择。

仗着关系好，大家都去劝蓝莓，蓝莓只笑着说：“他是怎样的人我知道的。”

被劝急了，蓝莓就沉默不语。最后，她说了一句话：“我喜欢他很久了。”

我喜欢他很久了。这话一出来，便没有人再想说什么了。那个横亘在命里非爱不可的人，我们都曾有过。我们都懂那种感觉，就像生命里的一条河，一座山，非跋涉不可，没有捷径可言。因为那样强烈地想要去爱那个人，前方无论是什么，总要走过去，用自己人生的光阴，陪那人走上一程。

况且，这是蓝莓自己决定的路，没有人能替她选择。

梁子起初也是认真的吧？与之前走马观花的女友不同，他带蓝莓见过他所有朋友，见过父母。那段日子梁子和蓝莓好得形影不离。

只是，当新鲜感过去后，多年来轻佻的习惯又偷偷回到了梁子身上。

有一天，梁子找黑熊聊天，很沮丧地说，他在微信上勾搭了一个妹子，本想玩玩就散，结果她查到了蓝莓的电话，找过去了，现在不知道怎么办，不敢回家，要黑熊支招。

黑熊又生气又奇怪，说：“你什么时候也知道害怕了？知道害怕还那么做啊？有蓝莓那么好的姑娘你还在外头勾三搭四，将来一准后悔。”

生气归生气，黑熊还是陪梁子喝酒散心。

正喝着，梁子电话响了，是蓝莓的。她问梁子怎么还没回家，声音温温柔柔的，一如往常。

梁子挂了电话立马去摸外套手机和汽车钥匙。黑熊喝得正在兴头上，就说：“听她声音啥事儿都没有嘛！”

梁子一边往外走一边说：“你懂个啥，女人不动声色的时候最可怕！”

梁子备好了招供词和道歉求饶的招数，连眼泪都酝酿好了，结果蓝莓只字未提。

梁子忐忑了好一阵，暗下决心再也不做对不起蓝莓的事了。

只不过，决心下了没几天，某兄弟一叫，梁子又屁颠屁颠的和那一伙人跑去酒吧结识新美眉去了。

这对小情侣在一起的那两年里，梁子的情事不断，我们颇有耳闻。那些轶事蓝莓也知道不少，但很少同梁子争吵，偶有一两次，也很快就和解了。后来大家渐渐习以为常，谁也不知道蓝莓的底线在哪里。

二〇一四年，梁子和蓝莓在一起的第二年。作为梁子第一段超长版恋情，我们开始相信他们或许能携手余生。

但是这年的三月，梁子那混货把玩笑开大了。

三月十七号，马航失联的日子。蓝莓瘫在地板上疯了似的打梁子电话，明知道打不通，还是一遍遍地拨，最后近于意识全无地只知道机械地重复这个动作。那几天，从情侣俩的朋友圈到梁家上下全乱了，所有人都在托一切可能的不可能的人脉疯狂寻找马航上的梁子。

大家很快发现这个事情成了全世界热点，不止我们找不到，全世界都找不到那架飞机。蓝莓绝望得全身发抖。

黑熊发到网上让大家帮着寻找梁子的那条微博一天之内已被转发过万，转发量高得黑熊心颤。没有人知道梁子在哪儿，倒时不时有人跳出来指出见过梁子，梁子的风流韵事被频繁曝光，网络果然就是个地球村。黑熊生怕蓝莓看见，一天就蹲在电脑前删评论。

结果第二天，黑熊就接到了梁子用陌生号码打来的电话。梁子带着哭腔跟黑熊说："我骗蓝莓要去马来西亚出差，带了一个新认识的女孩住宾馆里。现在我不敢回去，怎么办啊？我怎么跟蓝莓和家里人说啊？"

黑熊瞬间进入暴走状态，厉声道："你想怎么说怎么说，反正你不赶紧出来我就替你说！"

那天梁子先回了父母家，他怎么过了家里人那一关我们不知道，反正我们在常去的火锅店门口见到他时，他神情很沮丧。

那时，解冰正陪着蓝莓赶来。

大家都很忐忑，不知道蓝莓见到梁子时会怎样。换作是我，可能会忍不住扑上去把他扇成猪头。我那时在心里暗想，如果蓝莓扑上去扇梁子，我绝对不阻拦。

火锅店还不到营业时间，我们是最早的客人，二楼正清洗露台，哗啦啦的水声一阵阵从屋檐上冲下来，泼得人心烦。

终于看见解冰的车。车在马路对面还没停稳，蓝莓便从副驾推门奔出，径直向我们奔来。

所有人都忍不住退后两步，退得最快的就是梁子，他下意识躲到了离他最近的我和黑熊的背后。我和黑熊从来没这么默契过，我俩一左一右几乎是同时移了脚步，把梁子晾到了蓝莓的跟前。

二楼正清洗到门头上方，水自上瓢泼而下。只见蓝莓眼也不眨地穿过水幕间冲过来。一身污水地扑到梁子身上，紧紧抱住了他，她头上还挂着几缕旧拖把上脱落的红色棉绳。

蓝莓泪水滂沱，哽咽良久，一遍遍说："没事儿就好，没事儿就好。"

所有人惊成呆鸟，包括梁子。然后梁子也哭了。

那天吃完饭，蓝莓没有和梁子一起回去，他们在那一晚分手了。

解冰后来告诉我，蓝莓那天听说梁子没在飞机上后一个人呆呆坐了一会儿，然后收拾了屋里属于自己的东西，放到了解冰车上，再去见的梁子。饭罢，众人离席，蓝莓和梁子心平气和地提出分手，半夜回到解冰家，在她家住了一晚，第二天就找了房子搬了出去。

他们分手以后，蓝莓和我们联系得很少。我们都理解她，很少打扰她。

我们知道，她不愿意在看见我们的时候想起梁子，想起那些她一再平复却终究没能自我平复的伤痕。

按照男人的分手惯例，黑熊和梁子的几个好兄弟都去陪梁子喝酒解愁。那阵梁子不再说他的爱情名言，只是日复一日异常沉默地喝着酒。

黑熊终于看不下去了，劝他："这是干什么呢？真舍不得，就去把人家追回来。"

梁子摇摇头，说道："太迟了。我比你了解蓝莓。她给过我那么多机会，是我自己在这段关系里成长得太慢了。"

一阵颓废的日子过去后，梁子像转了心性，不再跟着那些朋友去夜场玩，对那些莺莺燕燕也失去了兴趣，居然变成了一个清心素净的男人。

朋友们每每谈起他，都很惊奇，也很唏嘘。

蓝莓在几个月之后就闪电般结婚了，听说新郎是追了她很多年的邻里男孩，对她爱怜有加。

蓝莓没有给我们发请柬，但我们无一缺席都去了。见到我们，蓝莓有些惊讶，但马上走了过来，噙着泪一一拥抱了我们。

新郎长得清秀文弱，像个白面书生，看得出来他真的很爱蓝莓，目光总是追随着她，温柔地、珍爱地。

那天，在给宾客环桌敬酒的时候，不胜酒力的新娘喝多了，喝到跪地大哭，谁也拦不住。

那个时候，我们谁也不知道，梁子正开着车在曲江新区环着他们结婚的酒店一圈圈地绕。

“你知道吗？那天我觉得自己特别像一个笨蛋，一个咎由自取的笨蛋。那天我无数次想要拉开车门冲下去，去对那场婚礼喊停，去拉着那个穿白婚纱的女人往外冲，但最后每一次我都只是默默路过。看着那些鲜花拱门、满地花炮……每看一眼都像一把刀扎在我的心上，每一次我都猛然发现，这世界上我最爱的那个女人，从此嫁给了别人。那个曾给了我一次又一次机会，把所有眼泪都悄悄藏在我背后的女人，终于嫁给了别人。”

后来有一天，梁子举起面前的酒跟我说：“你知道吗？江朵，世上只有两种人，懂珍惜的人，和咎由自取的人。”

我想劝劝他。可是劝什么呢？我什么都劝不了。

“蓝莓之后，没有碰到更好的人吗？”我问他。

梁子沉默了一会儿，答：“碰到了，可是我发现想要的只有她。”

梁子举起酒杯，一饮而尽。他那一刻的眼神是我之前从未见过的，我想之后也不会有。

前面没有更好的人了吗？会有的。但是不再有她了。

所有人都在爱里成长，磕磕绊绊，但那些缘分、那些际遇、那些曾被挥霍的心意从来不会等人。

后面还会遇见更好的人，但那个曾穿越水幕、泪水滂沱扑入梁子怀中一遍遍告诉他没事儿就好的姑娘，他已不再拥有了。

爱·读言

同甘容易，共苦也不难，但同甘共苦连在一起，却需要全世界的运气。

我们的恋慕与忘却

大学毕业后，才看出大家的分水岭。在校时大家相差无几的生活质量，毕业后开始呈现出天差地别。有直接搬进了父母布置好的别墅的西安富二代，也有几个人共同租下一套破旧居民房每日一起出门找工作的难兄难弟。

其中最不容易的情侣是胖头和趣趣，两人一个做房地产销售，一个做办公室文员，在大雁塔附近一所学校租了间老师私下外租的简陋单身宿舍。

八十年代的老房子，冬天没暖气，夏天没空调，漆黑狭长的过道里的灯总是坏。好几次我们几个同学去找他俩，一进过道就变睁眼瞎，只好一个拽一个以开火车的方式摸到他们家门口。

但一进屋，就是亮堂的。北向背光的房子，只要主人一回来，灯就大大小小的都开着。小两口有生活情趣，墙壁自己动手刷成粉蓝色，窗帘桌布还有讲究的桌旗杯垫上都是趣趣手工制作的，水养的绿萝在屋里高高低低地垂吊出一丛丛绿意。十几块钱的手磨咖啡机在趣趣手里欢快地旋转工作，胖头蹲在地上用电磁炉给大家烧热水。在他们的笑容里，任谁一眼望去，都觉得这屋子是用来盛放幸福的。

胖头和趣趣都是容易知足的人，他们俩的一致观点是：现在穷不一定未来穷，当下过得不开心未来则无法弥补，所以开心才是正经事。

这一对乐天派情侣是大家眼中的典范，让人羡慕。

有天大家约出去吃烤肉，趣趣要加班来不了，胖头一个人来的。宋芸来的时候嘻嘻笑道："胖头会迟到。刚路过百盛门口见羽西在发试用装，胖头在排队，前面还有很多人。"

果然，胖头过了二十几分钟后才满头大汗地跑来。胖头坐下，一边抹掉头上的汗，一边大大方方说："百盛门口一个什么牌子化妆品在发试用装，一袋试用装里东西有好几种，听说平时卖得挺贵的，我去给趣趣领了一个。"

在场"哗"的一声群体喧嚷，发声的都是女生。还有谁的男友会这么有心，为了给女友领个试用装肯站在女生队伍里排半天队呢？众女眼里都是羡慕。

冬天，我推着想出门看雪的郑丛在大雁塔北广场里散步，难得远远看见胖头和趣趣。两人大概刚从澡堂出来，手里挎着盛放沐浴用品的小篮子和装了脏衣服的塑料袋，趿着绒布拖鞋，手拉着手有说有笑踏着薄雪往家走。他们租的屋子里没有单独卫生间也没暖气，每次只能去公共澡堂洗澡。我看着他们俩走过去，头上湿漉漉的头发在寒冷的空气中冒着白气，一缕缕冻得笔直，像两只小刺猬。我没叫他们，凝视着他们很久的郑丛回过头来对我一笑，眼神里全是温柔。他不认识他们，他只是被他们的幸福打动。

胖头工作很努力，周末经常没有休息时间。他做业务做到连我们这帮老同学都不放过，挨个儿打电话询问要不要买房，不管你答买不买，他总是隔一阵儿一个电话打来自顾自介绍最近他手里又有哪处房源，宁可骚扰不能错过。我们这帮同学，有三分之一的房是经他手买的。

胖头做销售殷勤但不讨人厌，很热情有眼力，曾经为了卖房子，帮一个意向买家接了半个月孩子上下学，殷勤到对方不好意思再说 NO。

胖头很快就做了销售部经理，工作第四年，月薪跟年薪差不多。这一年，他买房买车，红光满面。大家都打趣趣趣会挑潜力股，趣趣笑得甜蜜蜜。

都说男人有钱就变坏，有天宋芸拉我一起逛商场，结果在一家钻石品牌的柜台前碰到胖头和一个年轻女孩在看钻戒。

璀璨的水晶灯下，胖头伸出手在柜台上指了又指，兴致很高地挑了一款又一款，看它们被戴到女孩纤长的指间。

我和宋芸对视一眼，默契地转身进了鞋包区，要不要告诉趣趣？我们谁都没有勇气。

就在第二天，我和宋芸，还有其他几个关系好的同学都接到胖头电话。胖头请我们周五晚上一起赶到不夜城商场助阵，他要在那里向趣趣求婚，胖头还要求我们暂时都不要声张，瞒着趣趣。

胖头葫芦里卖的什么药？我和宋芸都懵了。

周五晚上，我到商场的时候，看到中央空地上铺满了鲜花。空中高高低低地飘满了紫色气球，上面挂着小条幅。宋芸拉我看小条幅上的字，诸如：小趣趣，我爱你、你是世界上最甜的甜心、你是世间所有的盐、想看你八十岁的表情、爱你的一秒都不容错过……这句子，让我惊出一身鸡皮疙瘩。我抬头找了个遍，没看见胖头在哪儿。我们一群老同学，站在人家的商场中央不知道何去何从。

趣趣走进来时，大家正欲向她扬臂打招呼，就见旁边一头毛茸茸大胖熊晃着大屁股跑过去，扑通一下跪倒在她面前。

那头大胖熊情深意切地开口说道："亲爱的趣趣，今年是我们在一起的第六年，这六年里，你给了我这世间最温暖的情感，也陪我受了不少苦。因为你，我找到了奋斗的动力，因为你，我的每一天都充实而快乐。遇见你是我此生最大的幸运。我希望我的余生，都能这样幸运下去。亲爱的趣趣，你愿意嫁给我吗？"胖熊张开手，熊掌里亮出一枚雪亮钻戒，另一只熊掌摘下头上的熊头套，露出胖头圆滚滚的脸来。

趣趣捂着嘴，又惊又喜地愣在了原地，眼泪滚下来。

大家立即知道了自己要干什么。刹那间，全场的人都在欢呼："嫁给他！

嫁给他！”

叫得最欢的是站在胖头身后的姑娘。我和宋芸不约而同“咦”了一声，那不就是和他一起挑戒指的那个？

姑娘蹦老高，喊道：“嫂子！嫂子！嫂子答应他！”

原来是从蒲城赶过来帮哥哥求婚的胖头的亲妹妹。

趣趣点了头，大家热烈的掌声过后，还不见胖头站起来。安静了几秒，只听胖头说：“趣趣，拉我一把，我跪得腿抽筋了……”

趣趣和胖头就这样修成正果。

在他们的婚礼上，很多人都大方地流露了心底的羡慕。是啊，一段初衷无邪的纯净感情，走到现实生活中，淌过贫穷不易，终于迎来春暖花开。在并肩的陪伴和奋斗里，钱来了，人还在，这无非是世界上最俗气却又最难得的幸福。

如果故事就此结尾，他们就完成了童话里的桥段，王子和公主从此过上了幸福的生活……

都说趣趣有旺夫命，胖头婚后事业越发顺风顺水。他辞去高薪工作，自己开了个公司，不到半年就打理得有声有色。

第二年胖头换了辆陆虎，第三年给趣趣买了辆速腾。再后来，胖头又嫌趣趣的工作收入太低又太累，让她辞职待在家休养。

很多女同学羡慕趣趣，趣趣笑着摇头，只被她们看成了矫情。

事实上，趣趣越来越寂寞。胖头越来越忙，一开口，关注的总是房产政策、市场和经济，要不然就是他最近迷上的高尔夫和滑翔。这些都是趣趣不感兴趣的，两个人能聊的话题越来越少。有一阵儿趣趣总是找我们去逛街，大家都很忙，有时候约不到人，趣趣就一个人去。有次她微信里发了张一个人吃火锅的照片，言语很俏皮，但没能掩住孤独的心酸。

有次几个女朋友坐在一起聊婚姻，趣趣感慨，现在的她和胖头，晚上吃饱喝足往床上一躺，不出两分钟，呼呼入睡，早修炼成兄弟姐妹。

不久后，趣趣找到了自己的出口，她去学习瑜伽和茶道，乐在其中，并认识了很多同道中人。

聪慧如趣趣，后来办了间自己的茶艺会所，在一处幽雅静地，绿竹苔石，莲池相印，檀香袅袅，茶禅一家，后庭辟出一间玻璃房作为瑜伽调息间。整个设计很有特色，唯美别致，茶也选得高端精细，深得一众高端茶客的心。

会所的收费高得让人咋舌，却从来不缺顾客，不管什么时候去，总见那会所从从绿荫掩映里悄悄散落着三两茶客。为了保证环境的清幽，趣趣还严格限量会员资格，这里不是想来消费就一定能来的。

会所开张不到半年，趣趣已经把当初办茶艺会所从胖头那拿的钱全存回了胖头的卡上。两年下来，趣趣没有做胖头的居家阔太太，一不小心反而跻身了这城中小富婆的行列。

胖头和趣趣看上去越来越不像一路人。

胖头越活越年轻，什么时尚穿什么，头发每天用定型水一抓，有型有款。有次去巴厘岛的时候迷上了潜水，后来每年总要抽空飞去海岛玩个痛快。三十多岁的人，总被人当成二十来岁小毛头青年，浑身都是锐气。胖头也很擅长拉关系网，他能接触到的房地产界和政府的权贵，关系维持得大多不赖，每日电话叮叮作响，应酬马不停蹄，称兄道弟，乐在其中。

趣趣却是越来越静了，最喜一身白麻素衣，头上盘着乌木如意云纹黑簪，看的是佛经，在瑜伽、禅茶中修养身心，手机多半时候关机，几乎只用来查收短信。我们都疑心她再这样下去有天要出家。会所的客人被她限之又限，名气却是越来越大，完全无须忧心盈利。

回想起来，胖头和趣趣这对情侣在我们同学中占过很多个“最”：最穷情侣、最恩爱情侣之一、求婚动作最大、最成功创业者、最富的贫二代。后来他们又创了个“最”。

我们大学同学里最早离异的夫妻。

他们离婚的时候请大家吃了顿饭。大家在这之前都没吃过别人的离婚饭，一时之间不知道以何种表情来面对。胖头和趣趣倒是大大方方，两人举杯，互相感谢对方这些年的照顾和陪伴，都肯定对方给了自己最美好的回忆。清脆的碰杯声里，两个人向大家宣告他们的婚姻结束。

“以后就是好朋友，遇到事情，找我。”胖头说。两人笑着拥抱了一下。

看呆了我们整桌连吃都不记得了的傻货。

后来私下问及原因，两人的说法很一致。没有出轨，没有争吵不和，就是觉得两人不合适了，继续在一起，不幸福。

时间在走着，人都在变。他们都在岁月里成长得太快，成长出自己和对方都陌生的样子。可他们又彼此喜爱自己的新模样，仿佛那才是潜藏在骨子里很久的自己。

那么，走不下去时，就是道一声珍重的时候了吧。

胖头说：“同甘容易，共苦也不难，但同甘共苦连在一起，却需要全世界的运气，这样的运气我没有。在全世界的运气里，趣趣给过我最好的一半，我知足了。现在我们不再适合彼此，那就各自安好吧。江朵，你原来有句话怎么说来着，各自安好，比什么都好。就是那样。”

趣趣说：“我二十岁的时候经历了最好的爱情，三十岁的时候得到了最好的自己，我是幸福的。只要过程是美好的，离婚并不可怕，我们不过是享用了这段婚姻的美好时光，在它变坏之前告别了它。”

我们都当他们是强装豁达。

孰料两人离婚后，竟然真的成了朋友。

两人父母家都不在本地，中秋节时，有同学碰见两人一起在餐厅吃饭。

有一阵胖头公司突遇问题，资金断链，趣趣二话不说，拿出全部存款相助，帮胖头渡过了难关。胖头还钱时，特意给趣趣送上从巴黎带回的诸多礼物。

再后来，有年同学聚会的时候，有人提议叫趣趣，胖头摆摆手，体贴地替她解释道："趣趣不爱热闹，而且这阵交男友了，是个搞书法的，也喜静，两人成天在会所待着，不会想出来的。"此时，胖头也已与新女友谈婚论嫁，女孩是空姐，时尚活泼，除了忙点，两人感情不错。

昔日夫妻至此，莫过于另一种福分。

只是，偶尔想起这样从容观望彼此的他们，想起他们从前的诸种，我的心中还是有隐隐的难过。

为什么呢？大抵是因为他们经常会让我想起黄碧云说过的一句话：恋慕与忘却，便是人生。

残忍的从来不是人，是时间，它偷走爱的脚步如猫轻盈。

原来，我们的恋慕与忘却，于这庞大人生说来，终究都是寻常的事情。

原来，我们都是同一片海里的鱼，纵使不再同行，只要各自安好，游向了哪里，都不重要。

爱·谏言

这世间的爱情，有些长路迢迢，有些，便唯有梦醒早还乡。

梦醒早还乡

郑思璐还未曾恋爱的时候，很羡慕哥哥郑丛和他的女朋友。

郑丛和他女朋友是青梅竹马，从上中学开始手拉手一路长跑十几年，关系甜蜜专注，没有过半点别人恋爱故事里的节外生枝。郑丛看女朋友的眼神，十几年的温柔宠溺没变过。

小思璐以前经常对哥哥说，以后她要谈恋爱，就要谈像他们那样的。她哥哥郑丛看着她只笑不语。

郑思璐后来开始恋爱了，从大学开始到毕业工作，陆续交过两个男友，都以分手告终。她的恋情，很平常无奇的，像绝大多数女孩都会遇到的一样，有心动时的甜蜜，有靠近时的忐忑，有发觉对方心意游离时的哀伤，有分开时的难过，更有一次次爱到末路时无奈也无力的疼痛。

与恋爱交了几回手，爱情就失去了想象中的魔力。于是思璐知道了，即便是爱情，也不过就是两个人之间的靠近。是人就会有人的自私和欲壑难填，就难免要有伤害，要有一些难以交代的尴尬龃龉。爱情不是水晶石，没那么优雅无暇。

后来郑丛出事，被一场突然袭来的急性脊髓灰质炎从人生得意马蹄急的半空击落，事业中止，下半生宣告与病床轮椅为伍。他那美丽乖巧的女友来看过他一次，就再也没有出现过了。

郑从身边的朋友愤世嫉俗地指责那女孩，郑家的亲友也有很大非议。思璐什么也不多说，只是抽了更多的时间在家陪哥哥。

郑从很冷静，对女友一句怨恨失望的话也没有。郑从只私下对思璐说，那是他俩的命运，女友承受得已经够多了，她交付给他的那些青春有去无回，她和他一样，也是命运玩笑的受害人。

“这世间的爱情，有的是长路迢迢，有的只能梦醒早还乡，命里注定的，没得选。”郑从这样说。

他坐在轮椅上，抬起那张苍白俊秀的脸，对着妹妹笑一笑，眼神去了她找不着的远方。

思璐知道，不言失望的哥哥，是把失望放在了骨子里。

郑思璐就是在不那么憧憬爱情的时候遇到了孙冉。

思璐的公司年关集体聚餐，她中途去了趟卫生间，出来走到洗手台，有个男子也在。洗手的时候，思璐感觉那人一直在看她。她扭过头去的时候，那个陌生男子突然伸手抓住了她的手腕。思璐内心吓了一跳，却冷静地没有叫出声。

也许是因为他的眼神吧，他红着的眼眶，湿漉的长长睫毛，以及他望向她的样子，太忧伤。

那天思璐的手腕上有一只蓝色的小象。家里那几天有亲戚带着孩子来住，那只小蓝象就是思璐早上出门前同那个淘气的小表妹玩闹时，小表妹拿儿童玩具印章盖上去的。

那顿饭思璐没有吃好，身边的同事和她说话，她也心不在焉。她常抬眼偷看那个年轻男人，他和两个朋友坐在酒店大厅靠窗的那一桌吃饭。

聚完餐走出酒店，和同事们道过别，独自走在路边的悬铃木底下，思璐的肩膀被卜轻轻拍了拍，她回过头，迎上了那男子的一脸笑意：“我送你啊！”

这个叫孙冉的男人笑起来真是好看啊。思璐一点也不想拒绝他。

他们就这样，从一只蓝色的小象开始，两人在茫茫人海里相遇拉起了手。

两人在一起以后，思璐知道了孙冉背后的故事，与那只蓝色小象有关。

孙冉是四川汶川人。2008年，5·12地震发生的时候，他正在重庆上大学。他妈和刚满5岁的妹妹都在那场地震里没了。地震的四天前，是妹妹的生日，他在网上选了一盒玩具印章连同一只可以换衣服的芭比娃娃寄给她作生日礼物。妹妹那天在电话里激动地大喊谢谢哥哥，她兴奋地跟他播报着印章里的小动物，最喜欢的就是那只蓝色小象，说了好几遍。那也是孙冉最后一次听到妹妹的声音。当天因为急着和室友们一起打电脑游戏，他敷衍了妹妹几句，匆匆地挂了电话。

5月12日那天，家里人找到他妹妹的时候，妹妹全身都被坍塌的房子盖住了，只剩一只手还突兀地伸在砖土外，那只有着梨涡的小胖手背上印着一只蓝色的小象。孙冉的爸爸正是借着那只小象认出了女儿。

事过经年，孙冉提起旧事，身子依然忍不住轻微颤抖。思璐心疼地抱住他，以吻轻轻封缄了他的唇。

孙冉是个温柔细心的人，把思璐当掌心宝。

两人下班后约会，思璐穿高跟鞋走路脚有些疼，孙冉当时就找了路边一家奶茶店买好奶茶让她坐下，自己跑去商场去买了一双平底鞋回来，尺码合适，款式也得思璐的心。

思璐爱吃的不爱吃的，只要在孙冉面前表露过一次他就牢记住了。

两人在一起后，为了让思璐多睡一会儿，早餐都是孙冉起来做的。晚饭后两人经常窝在沙发上看影片，思璐经常看着看着就偎着孙冉睡了过去。孙冉轻手轻脚把她抱回床上，生怕惊醒了她。模糊的意识中，思璐能感觉到孙冉轻轻落在她额头上的晚安吻，是温柔而珍爱的。

思璐有时会觉得，也许孙冉对她的爱里有一部分是给失去的家人的。而她也想像他所失的家人一样，在余下的人生里替她们爱着她们没爱完没爱够的他。

思璐从小是被大家标榜着懂事独立长大的，凡事不爱给大人添麻烦。自打几年前哥哥出了意外，思璐觉得肩上的人生担子又重了几分，行事越发努力而沉稳。和孙冉在一起后，思璐发觉自己变化颇多。她的笑容和表情多了，每次见孙冉，脸上的笑还没绽开眼睛就先弯了起来，说话时尾音也常常不自觉就拖得长起来，是她以前挺不喜欢的娇嗲女孩的样子。思璐的闺蜜说她一天天倒长回去，倒活出了小孩样子。思璐父母也笑她突然“娇”起来。她哥郑丛依然含笑望她，说孙冉把她照顾得不错。

思璐在年近三十的时候，又做回了小孩子。甚至对着孙冉坦然撒娇的时候，她觉得自己的弱小娇憨比童年时更真实。

爱情是成年人做回孩子的唯一机会。而这样可遇不可求的爱情，是孙冉给她的。

以前谈恋爱的时候，思璐很怕厌倦期。思璐不恨两位前男友，但是真的怕时间，她觉得改变一切的正是时间，时间把新鲜变得黯淡，把浓烈心意变成贫乏。她那时在他们的日益冷却里先后两次果决抽身离去，同时带走的也是对情感的心灰。

遇到孙冉后，思璐又开始燃起了新的希望。孙冉的清澈专情让她相信他的不一样。

孙冉这样的人不会有暧昧。他的手机连游戏都不安装，除了工作和给固定的几个亲友打电话，很少会拿起它。QQ 微信这类社交软件，不认识的异性加他，他是从不通过的。身边有认识的女孩同他聊天，他总能把话题扯到思璐身上，只要说起女朋友郑思璐，他就溢起了一脸笑意。

思璐相信孙冉不会有厌倦。他们在一起的时间一天天在日历上拖漫开来，他对她的珍视一同当初，并没有随着时间而有半点懈怠。

思璐想不到他们这样的两个人会有什么问题。故事在前面一切都好，不得而知的后文往往埋着伏笔。她那时完全没有猜到，最后提出分手、奋力跑出这段关系的人会是她。

在两人一天比一天亲密，心上的铠甲几乎全卸完的时候，思璐看到了孙冉内心的恐惧。那场地震在他心里投下的阴影从来就未曾散去，比别人更害怕失去的孙冉，对女朋友思璐充满了近于变态的关注和控制欲。

他的控制不是缘于怀疑，而是缘于满心的爱与牵挂。这更让思璐束手无策。

孙冉每天要联系思璐近十次，要知道她的位置，要知道她在做什么。如果她没有及时回复，他就会陷入恐忧，分分钟钟就能脑补出思璐身遭不测的奥斯卡大戏。

有几次思璐在外面有事没及时回去，手机也没电关机了，不过比平时晚了一个小时到家，孙冉就已打电话找遍思璐的亲友询问。思璐每次都要在事后大费周章地同亲友们解释。

有次孙冉还情急之下一脸凄惶地跑到思璐父母家寻她，吓得老两口和轮椅上的郑从跟着一起急。

思璐知道孙冉的恐惧来自何处，他已经经历过一次失去，就太害怕被生命里再一次的失去重创了。因为太过了解，她好心疼他。

思璐时常对孙冉说，这个世界绝大多数时候都是风和月美的，并没有那么多小概率事件。她也趁着两人温存甜蜜时分劝诫他：她与他，都不是来占有这个世界的，而是来看它，爱它，享受它的。

“好的爱情，不是彼此背负，而是两个好的同行者。”思璐说。她望向孙冉的目光里，自有深意。

但脑海里存着那只蓝色小象的孙冉听不进去。

在孙冉日复一日地执拗里，思璐日渐疲乏。

一天，思璐所在部门要集体去公司的大会议室开会，思璐出门时被领导催得急，将手机落在办公室。

本想是个简单的会议，和平常一样半小时就结束了，结果那天大家踊跃发言拖长了时间，会议开了两个小时。思璐回到办公室时，见手机上有十几个孙冉的未接来电。

思璐正要给孙冉回信息时，孙冉已满头是汗地奔进了她办公室。他站在她面前，扶住她的肩，摇着她，微哑着嗓子问她："思璐，你为什么不回电话？你这样会吓死人的你知不知道？"

郑思璐望着面前失魂落魄的孙冉，一个字也说不出来。

办公室的同事都停下手里的事情，像看怪物一样看着他俩。

那晚，思璐洗澡时躲在卫生间的花洒下，洗着洗着就泪流满面，然后她一点点蹲下身，抱住自己的膝盖无声哭泣。

太累了啊，孙冉的爱就像一个真空气球，她困在里面，推砸皆无声息，已经透不过气来了。

孙冉的爱太沉重了，郑思璐觉得自己再也背负不动了。

思璐终是决定了分手。

她挑了一个风和日丽的下午，请了假，回到他俩的小房子里，简单收拾了一下自己的东西，出门时给孙冉发了一条长长的分手短信。

出于对孙冉的了解，她违心地对他说：对不起，我觉得自己不再爱你了。

她知道，有了这句话，对情感有纯粹要求的孙冉即使再痛也不会回头了。

思璐一直是个活得清醒的人，知道生活的任何改变都是要奔着更幸福的方向去的。两个人在一起是，不在一起也是。她还爱着孙冉，但是她也知道，她和孙冉走不下去了，她留在他身边的痛苦已经慢慢覆盖过了从前的欢愉。

来路踪杳，四野苍茫，除却分开，他们没去更好的去向了。

四月的春风正好，花开遍城，一个城市的春天并不会因为一对恋人的分离而有半点黯然失色。

郑思璐走在路上，一颗心哀沉沉的，却又生出一种轻快的解脱。

思璐想，她与孙冉，他们生活在一个太平的年头，在他们的爱情里，没有惨烈人祸，没有凄凛天灾，原来他们的爱情只会丧于平淡生活。

那个时候，思璐不知为何，突然想起了哥哥郑丛说过的那句话：梦醒早还乡。这世上有些爱情，终究，唯有梦醒早还乡。

只要你和世界还都美好

每个城市里的出租车司机都是别人故事里的聆听者，他们路过了偌大城市那么多不相干人的故事，是最贴近城市心脏的人。

但他们的故事很少被乘客翻开，这使我们常常忘了，那些安静聆听的人，往往才是这个世界最有故事的人。

有天坐出租车回家，路上遇到堵车。周围一片喇叭作响，那些焦灼的司机们似乎是指望在喇叭声里破开一条天路。我遇到的司机很淡定，在车水马龙的队伍里，他自若地喝喝水、听听电台，看看窗外路边正亮起的霓虹灯，完全是把南二环当成了一个免费的大型停车场。他的安静感染了后座的我，我也渐渐没有了在原地不动的焦急。

在等待的时间里，我接了个电话，是段思思打来的。她似乎是在感情里遇到了问题，沮丧地问我："江朵姐姐，你说爱情有什么用？"

我回答她："爱情本来就不是拿来用的啊。"

司机很体贴，在我接电话时把电台的声音调得很小。我挂了电话以后，他突然转过头来对我说："你说得真好，爱情真的不是拿来用的。"

那是一张非常年轻的面孔，单眼皮下的眼神十分干净。

他叫小查。在成为一名出租车司机之前，他是在西安高新区上班的一名程序员。

他认识女孩是在医院里。

那年他有个朋友生病住院，因为关系不错，他经常去看他。那会儿，病房里还有对小情侣，男孩正在等待做心脏搭桥手术，女孩照顾他。女孩很细心温柔，病房里所有人都羡慕那男孩有这样的女友。

小查听朋友说，男孩似乎是免疫系统方面的问题，引发了很多连锁反应，在转进他们病房等待心脏搭桥手术之前，已经断断续续住院有一年多时间，是个老病号了。从他入院以来，他的小女朋友一直在身边照顾他，医院住院部的医生和护士都认识他们了。

因为小查去得勤，那女孩也认识了小查。她话不多，每次碰见，总是眉毛一弯，笑一笑低头走过。医院那样的地方，人们的脸上大都是愁苦的，女孩的笑容显得尤其明媚。

也许是生病的原因，男孩很暴躁，经常对女孩发脾气，扔东西，冷着脸不理她。女孩默默地忽略这些，该干什么干什么，实在受不了，就出去转一会儿。也只是一小会儿，她又笑眯眯地回来了，小兔子一样蹦到男孩的床前。

小查那时候私下表示理解男孩。他或许只是想要她离开吧，不希望自己爱的人把最好的青春都浪费在一个病人身上。小查是这样想的，因为换作他躺在医院里，他一定是这样想。

有一天，小查看完朋友往家走，离开医院的路上，在茂密栾树的绿荫下，他看到了女孩娇小的身影。他走在她后面，犹豫着要不要上前打个招呼，然后就发现她其实是在打电话。电话那边应该是她很要好的朋友，女孩的声音和平时在病房里不一样，有一种松懈放任的忧愁。她在电话里向她的朋友借钱，男孩的医疗费不够了。她向朋友请求不要把借钱的事情告诉男孩，怕他心情不好，他现在还不清楚他们的经济状况。

小查走在她身后，听着她糯糯的南方腔，突然很想走过去把她瘦小的肩拥在怀里。在那一刹，他突然发现他很想成为一个人的天，为她撑起一方世界，赶走忧愁。这种之前从未有过的感觉，吓了他自己一跳。

为了不让女孩发现他后感到尴尬，他离开她身后，走向了马路对面。

朋友的病情不算严重，很快就出了院，小查也就再没去过那个病房。但后来他每次上班路过那个医院的时候，常常会想起那对小情侣，不知道男孩的病怎样了，不知道女孩明媚的笑容背后是不是还那样哀愁。

不知道为什么，她的面容，在不再见面以后，反而在他脑海里一点点儿越来越清晰。

有一次，他在地铁站碰见她。他下扶梯，她在旁边乘扶梯上行。地铁站人太多，小查转身去追她，已经找不着踪影了。

有几次见到那个朋友的时候，小查就有意无意地提起他当时的几个病友。那朋友果然和其中的几个病友有联系，也知道那对小情侣的一些事情。男孩的手术很成功，手术后转到别的科室的住院部去了，据说后来恢复得还不错就出院了。

朋友还很唏嘘地说："那男孩后来和他的小女朋友分手了，去复查的时候身边换了个姑娘，两个人卿卿我我的。给他做检察的医生护士都替以前那姑娘不值。"

小查的心，就在朋友的话里飞快地跳了几拍。

小查下定决心要找到她，发达的网络帮了他。

他曾在男孩病床前的卡片上见过他的名字，从男孩的名字和病情入手，小查找到了他的微博账号，然后顺藤摸瓜地找到了女孩，并发现了她所住的小区。

那个小区在小查的工作单位和住处之间，他每天上下班都要路过，他没想过女孩就住在那里。

知道这些以后，他每天下班都在那里下车，在小区门口的小商店里买上一盒烟或一瓶饮料，偶尔也进小区转一转，然后走路回家。

总遇不见她，小查渐渐有点心灰，开始猜她是不是早已搬离。

直到有一天，他在小区喷泉边坐着的时候，看见一对小情侣在吵架。吵着吵着，那个气势汹汹的女孩突然指着前方对男朋友哈哈大笑起来，说道：“快看快看，居然还有人遛猫！”他扭头一看，可不是，一个穿灰T恤和牛仔短裤的女孩正牵着一只黑猫走过来。

小查傻傻地愣在原地，那个圆眼睛的短发姑娘，正是她啊！小查从来没有像那一刻那样，感觉上天无比眷顾着自己。

女孩看着他，愣了愣，笑了起来，还是那么明媚的笑脸。

那天他们坐在喷泉边聊了很久，聊得很开心。从女孩捡来的黑猫，到彼此的生活，除了默契地绕开那个曾经住院的男孩，他们什么都聊。

那天的夜黑得飞快，聊到十一点多，女孩的黑猫开始不耐烦地喵喵直叫，小查才不好意思地提出告别。

小查走出小区的时候，他的手机里已经存有女孩的QQ号和手机号。他一边走一边不自觉地露出满脸傻笑，他觉得那晚满天的星光都是属于自己的。

接下来，就是很俗套的恋情。从羞涩地相约吃饭看电影逛超市，到后来好得像一个人，黑猫小嘀敢跃上小查的膝的时候，他终于成为女孩的男朋友。

和她在一起以后，小查才知道她和前男友分手，竟然是男孩在医院时背着她网恋，爱上了别人，当女孩从虚拟的网络出现在现实中时，男孩做出了选择。

小查问她恨不恨那个男孩。女孩怅然发了会儿呆，然后摇摇头，说道：“不恨。爱是勉强不来的东西，他肯坦诚，总比欺骗我来得善意一些。”

小查心疼地把她紧紧拥在怀里。

小查觉得自己没有爱错人。他当初爱上她，就是因为她让他看到爱情的美好，看到这世界上有人在那样纯洁无私地爱着另外一人，他便觉得这世界值得期许。因为世界上有这样美好的人和情感，小查后来看整个世界的眼神都忍不住变得温柔起来。

女孩是个网络写手。她的工作就是在网络上接一些零散的宣传活动来写，主要是写广告软文，也捎带替人发帖等等。

但女孩的心里一直有个梦想，她热爱文学，想成为一个真正的撰稿人。很多年来，她一直坚持向多家杂志和报刊投稿，但都石沉大海，唯一成功的一次，是一家不知名的杂志发表了她一篇几百字的心情随笔，那也让女孩开心了很久。

在别的女孩都热衷逛街和看时尚杂志的时候，她经常伏在桌前看各种文学作品，为写那自己也不知能否发表的文章而绞尽脑汁。

女孩为了写文章，经常缠着小查讲故事，小查成长中的故事，小查身边所有人的故事。讲到后来，小查再也找不到新故事讲给她听了。

那年，刚好小查所在的那家 IT 公司因为经济状况不好，全国范围内大规模裁员，小查也在名单里。

小查从公司出来后，有四年驾龄的他索性找了份开出租车的工作，因为出租车司机每天都能接触到许多人，听到很多故事。

开上出租车以后，曾经工作单调的程序员小查见到了各式各样的人。

有深夜在车上接完家人电话痛哭到妆都花了的失足少女；有让小查开车带着自己漫无目绕圈的失恋者；有上车后忙着给不同暧昧对象打电话的男人；有接电话谎称自己正在别的城市出差的人妻；有悄悄买好礼物来给异地恋女友惊喜的男孩；有带着亡夫照片来西安旅游的老太太……小查见了那么多陌生人的喜怒哀乐，渐渐也喜欢上了这份在别人的故事里保持沉默的工作。

小查跑的是夜班，他每天凌晨回家，在熟睡的女孩身边悄悄躺下，看着黑猫小嘀轻巧地在屋里穿行，心里充满了幸福感。

每天醒来，他都会把这一天遇见的故事讲给女孩听。她听着听着，有时有了灵感，便很高兴地蹦去书桌前打开电脑写她的新稿子。

小查的工资不如以前高，女孩的稿子也总是不见发表，但小查觉得这样的生活就很美好：他们拥有彼此，还拥有小嘀，每天做着自己喜欢的事情，何况前方还有希望。

但大半年之后，女孩似乎渐渐灰了心。有一阵，小查发现她不常写东西了。而且她开始不再期待他每天收车后带回来的故事，她开始对他的讲述丧失聆听的兴趣。

小查也慢慢变得缄默。

他害怕看到的结果，并不会因为他的缄默而一同缄默，该来的终于还是来了。

有一天，他凌晨回到家，发现家里空荡无人，女孩带走了自己所有的东西。然后他收到了女孩的短信，她坦陈自己爱上了别人，不能再和他在一起了。小查回了她四个字：祝你幸福。

后来女孩还发过一条短信给他，问他小嘀是不是跑回他那了，他回：是。

再没有下文了。

小查又成了一个寂寞的人，还多了一只寂寞的黑猫。

但有什么不同了呢？他想有的。

曾经遇到过她，纵使最后失去，他还是对命运心存感激的。

尽管他还没有告诉她，几年前她为前男友筹集医药费焦灼时那卡里多出来的一万块钱是他偷偷打给她的，那天在医院的林荫道下走在她身后时，他偷偷用手机记下了她向朋友借钱时报出的银行账号；尽管他还没有告诉她，她一直以为的他们的偶遇，其实是他一直努力去遇见她的结果；尽管他还没有告诉她，其实他们在一起之前，他已经爱上她很久很久。

在她离开后，那些秘密已经没有了说出口的意义。

他一直希望，那些是当他们牵手老去时他能讲给她听的甜蜜旧事，是他们一生情感注脚处的锦上添花。

小查以为他和她的故事到此就结束了。

他宁可就此结束，结果虽然不好，但也不算太坏。小查觉得，她本是他生命中的幸运礼物，老天曾大方地把礼物给了他，现在要收回，他不能因为礼物被收回就憎恨自己曾经得到馈赠的运气。

但是不久后，小查一个偶知内情的朋友告诉他，女孩在离开他之前已经出轨有一阵了，和一个有妇之夫。男人是一家房地产公司的老板，收购了一家小杂志社，自己挂名主编，女孩是投稿时认识他的，在小查值夜班的时候，两人就好上了。女孩最后搬进了他送的小公寓，甘心做了小三。

“你知道吗？”小查看着我，眼睛清澈得让人忧伤，“让我难过的不是她离开我的决定，而是她离开我的原因和方式。”

“她曾让我看到世界上存在那样美好的感情，让我相信这世间有值得人们不顾一切去付出的东西，让我相信我可以在这世间热烈洁净的去深爱。那时我看着她，觉得生命那样好，尘世间的一切都洁净而有希望。只是那样看着，哪怕那些美好不属于我，也是好的。有什么比看到一个美好世界更美好的事情呢？”

“后来我想通这一点，想通了她之于我的意义，我便不再肯相信朋友的说法，并决意永生都不再打听她的消息。”小查说，“我决定继续相信，她是因为爱情离开我。她必定是真心爱上某人，因为不能违背内心的爱情，所以不得不从我这里走开。”

我决定让你成为我的信仰。只要你和这个世界还都是美好的，那些美好属不属于我，都不重要。

我呆呆地坐在车里，不知道能说什么。

这一晚，穿行在西安夜色的霓虹里，一个素不相识的出租车司机的故事轻轻摇动我心，温柔和怅惘久久不息。他的眼神那样洁净，洁净到让我想重新审视，审视我的生命里曾有多少美丽被忽略。原来，人世间那一些美好多么重要，重要到可以抹去命运里所有的疼痛和不公。

“三年多了，她现在应该过得很好吧。”小查说。

我点点头。

是外面的世界重要，还是你眼里的世界重要？正确答案大概是，那个能让人找到前行力量的世界最重要。

快到目的地的时候，出租车司机小查的手机响起。

他接起电话，声音很温柔地说：“想吃牛肉韭黄馅的呢！”他又轻声说，“天气很热，你开着空调在客厅里包，不要待在厨房。”

挂了电话，他转过来笑着跟我说：“我现在的女朋友，在家里给我包饺子呢。”顿了顿，他又说，“我们认识两年了，今年十一就结婚。”

小查笑得羞涩而幸福。

这世界再复杂，也总是有人在洁净相爱。等到幸福的，总是那些对爱情深信不疑的人。

一如小查。

爱·谏言

爱情里总有那样一个人，带走的是伤害，留下的是怀念。

再见，我温柔的过客

有的傲骄就是欠削。

这句话是我们宿舍最傲娇最能作的姑娘宋芸说的。说这句话的时候，她和顾显涛分手快半年了。

那个时候，她在路上，正漂在束河。她要把和顾显涛走过的那些地方，全部重走一遍。

宿舍的女孩们曾在背后讨论过宋芸会以什么样的方式辜负顾显涛，但没有人猜到会是顾显涛提出分手。

顾显涛对宋芸实在太好，好到让男生自惭，好到让女生嫉妒。

上大学时，宋芸不爱上课，总是躲在宿舍睡懒觉、看言情小说，被我们称为“言究生”。好学生顾显涛所有笔记都做两份，字迹更工整的那份是给宋芸的。每逢考试前，顾显涛都陪宋芸去学校的通宵自习室做战前攻关。他帮宋芸把所有重点都划好，宋芸看书的时候，他坐在旁边，与其说复习，不如说更像一个小保姆，冬天给宋芸备着羊毛外套，夏天备着蚊香，手边放着保暖杯随时留意给宋芸杯里添热水。

宋芸聪明，就这样临时抱抱佛脚，成绩也很优秀，每年和顾显涛一起领学校的奖学金，有时等级比他还高。

像宋芸这样的女生是有资格骄傲的。长得美、身材高挑、头脑还聪慧，老天把一个女孩能有的优点都塞给了她。

宋芸很清楚自己的优势，又碰上顾显涛这样对她掏心掏肺好的男生，难免要在爱里作天作地。

顾显涛一早送到女生楼下的煎饼果子，宋芸嫌夹心不脆，“啪”地当着顾显涛的面准确投篮扔进垃圾箱。

宋芸周末回家，周天晚上返校的时候路上堵车，顾显涛在公交车站牌下受着冷风哆哆嗦嗦地等她一小时，宋芸下车没走几步就生气地一把推开顾显涛自己跑了。顾显涛电话打过来，宋芸不接，不接，还是不接，手机上未接电话一小时三十九个。顾显涛在女生楼下站在寒风里成了众人瞩目的呆瓜。后来才知道，宋芸是嫌他没眼力，下车时没及时脱了外套给她披上。

两人去看王菲演唱会，因为旁边路过的女孩被挤得一屁股坐在顾显涛身上，回来一路上宋芸都没理他。

大一时顾显涛宿舍的男生去轻工市场买了两张毛片回来放，一屋子还纯洁着没见过世面的男生，关上门拉上窗帘，幼儿园一样排排坐，都兴致勃勃等着开场。结果放出来，第一张是秦腔，第二张是金刚葫芦娃。顾显涛第二天当笑话给宋芸讲，宋芸笑着笑着，突然翻了脸，因为顾显涛竟然想看毛片，想看别的女人的身体。顾显涛连忙道歉加哄劝，好几天后他的“不纯洁”才获得了宋芸的宽宏大量。

大三时，顾显涛还是在室友的群体激将法下，生平第一次见识了日本肢体工作者的工作过程。事后他想来想去很愧疚，憋了两天，主动找宋芸忏悔，宋芸足足半个月不肯理他。

两人的大学生涯，就在这样一个愿打一个愿挨的节奏下走完。宋芸永远在前头一生气挥挥衣袖就走，顾显涛永远在背后诚惶诚恐地追。

毕业了，两人手牵手进了一个屋檐下。

公司新人都很累。宋芸的公司离顾显涛的公司有三站路，顾显涛天天下班后赶去接宋芸，再一起路过他公司回到出租屋。宋芸就在公司欣然等着他，没觉得有什么不对。

家里的家务活都是顾显涛做。宋芸下班后就窝在沙发里吃着零食看电视，偶尔也会抱着电脑加会儿班。顾显涛觉得油烟、凉水这些都对女人身体不好，心疼她，便舍不得她十指沾上阳春水。心情特别好的时候，宋芸会进厨房从后面抱住忙碌的顾显涛，嗲嗲地说声亲爱的辛苦，心情不好的时候也会对饭菜挑三拣四。顾显涛早已习惯厨房洗衣房的独占权，做饭、洗碗、洗衣服。有时有没完成的工作要带回家做，也是九点之后的事情。

顾显涛记得宋芸的生日、宋芸父母的生日、两人相识的日子、两人在一起的日子、宋芸大姨妈应该驾临的日子，宋芸衣服和鞋的尺码……顾显涛记得与宋芸相关的种种数字，和她家人的关系也打理得很好。

宋芸自己只记得顾显涛的生日，还常常粗心略过，更别提惦记他的家人。每次生日被遗忘，顾显涛总是笑眯眯宠溺地摸摸她的头，道："我们家小猪就是迷糊。"

两人都属猪，宋芸常把顾显涛叫猪头，顾显涛就昵称她小猪。那时候，宋芸没有发现，顾显涛的眼神中是有点失望的。

宋芸觉得这是男友该有的样子，女朋友不就应该是被捧在手心里的吗？

习惯了别人无条件付出的人，是很难容忍对方有一点懈怠的。尽管他在懈怠的时候，依然是世界上对你最好的人。但很少有人能认识到这一点。

顾显涛其实是个绩优股型男生，外形清俊，家教良好，事业努力，不喜欢暧昧。这样的男人扔进哪家公司都是一块肥肉。公司里的几个女同事同时向顾显涛伸出橄榄枝，火力最猛烈的是前台小许。小许家境不错，前台工作像是拿来打发时间的。她每天开着一辆二十来万的车上下班，挣一个月两千多块钱的工资，谁都一望即知这点钱还不够她买衣服。

宋芸的照片被顾显涛放在办公桌抽屉里，拉开就能看见；顾显涛的钱包里夹着两人的大头贴合影；每天下班，顾显涛都走得急匆匆，因为要去接女朋友。顾显涛的不加掩饰，让别的女孩知难而退，却使得小许更为之着迷。

小许绝对不想错过这样的好男人。她的攻略是不急不缓，有事没事给顾显涛发点无伤大雅的温情短信，隔三岔五地在下班时间打上几个介于公事和闲聊之间的电话。让顾显涛疑她有意，却找不到机会拒绝。

先发火的是宋芸，她眼里如何容得下沙子。两个人三天两头地吵架，宋芸逼着顾显涛彻底解决问题，不许再同小许有任何联系。顾显涛急得眼泪都要掉下来了，他申明对小许绝对无意，但却不肯许诺再不联系。他的解释是：一个公司的同事，他不敢保证她以后不会打电话或发短信给他，这不是他能控制的事情，他不能承诺自己保证不了的事情。

所以说，男人来自金星，女人来自火星。宋芸要的无非是顾显涛斩钉截铁爱的表达，而顾显涛认为男人要言出必行。

顾显涛觉得委屈，宋芸失望顾显涛原来也有和别的男人一样的花花肠子。两人开始了频繁的争吵与冷战。顾显涛在一次次违心的道歉求和里，心意开始黯然冷却。

那时候，在两人在一起的那么多年里，宋芸第一次有了害怕失去的感觉。

她以前从来没想过有一天会失去顾显涛，她习惯了他视她如珍宝。这突如其来的危机让她发现，自己其实早已在顾显涛的好里一点点地沦陷了，全盘缴械，手无寸铁。骄傲的宋芸把那份恐惧藏得很深。

恐惧是最精准的预感。

像宋芸这种骄傲惯了的女生，对抗这种恐惧的办法就是争吵，拉着顾显涛不停争吵，期待从争吵中得到承诺，而顾显涛越来越不愿意给出承诺。终于，在宋芸又一次小题大做挑起的争吵中，顾显涛在冷静后，提出了分手。

那两个字听在宋芸心里，就像电影结尾的剧幕。她悲悲怆怆地，终于等到它。

宋芸昂起她骄傲的小尖下巴，雄赳赳气昂昂地说了声“好”。

顾显涛说希望以后还是朋友。宋芸神情高冷地说不必了。

那时，她站在门边送顾显涛出门，腰背挺直，穿了条新买的束腰浅紫长裙，脸上的妆比平时更细致美丽。宋芸看起来，就像丝毫不曾为分手这件小事伤心过。

而顾显涛走后，她一屁股坐在卫生间的地板上，开着水龙头，哭成了一条狗。

不知道为什么，分手后更难过的往往是当初被爱的那一方。我想，大概是因为失去一个爱自己的人比起失去不爱自己的人，总是要更痛一些。

宋芸没有想过失去顾显涛会是那么痛。工作的时候，见到熟人的时候，她都很正常。但只要身边一没有人，她的眼泪就会莫名其妙地流下来。那一个多月里，她似乎随时随地都在流泪，地铁上、公司卫生间、街道上……她已经习惯了路人探究的目光。

而顾显涛在和她分手以后，也确实没与小许在一起，朋友们都说他一直单身一人。

宋芸怀念和顾显涛在一起的每一天，从前每一个平淡无奇的一天现在都成了她回忆里最珍贵的财富。她在对过往一点一滴地审视里，开始承认一个真相：她失去的是再难拥有的，一个曾愿意把她看作全世界的爱人。

在一次喝醉后，宋芸拨通了顾显涛的电话，她说很想他，问他能不能回来。酒醒后的宋芸很懊恼，那种卑微的请求，一点也不像是她干的事情。更丢脸的是，顾显涛并没有答应。

那通电话像一个开关，一经触动，在那之后，宋芸开始无法克制给顾显涛打电话的欲望。每次很想很想他时，她总是忍不住要去拨通他的电话，她的纠缠同她从前的骄傲判若两人。顾显涛很快就不肯接宋芸的电话了，她再打过去的时候，一声响铃之后只有嘟嘟忙音。

原来，这世间绝大多数的爱情都是消耗品，用完了就不再有了。

而感情里欠的债都是要还的，他给过她的好，后来都变成了她还他的眼泪。

那段日子，宋芸的情况很糟，她甚至想到了去死。

她的一颗心像突然间沉到了无人的湖底，世界上的一切对她来说似乎都没了意义，化妆品、衣服、鞋包、美食、旅游……一切都失去了颜色，毫无吸引力。她的心里只有一个顾显涛，他堵住了她通往整个世界的通道。有了他，她就有了一切，失去他，一切拥有都是徒劳。

宋芸想过各种死法，割脉、安眠药、摸电门、泡澡时把自己滑入浴缸……

在一次怔忡间她不知不觉用水果刀割破手腕后，宋芸开始意识到自己出问题了。她去看了医生，被诊断为抑郁症。

医生给她开了很多药，其中一部分是抑制神经的。在服药一段时间后，宋芸发现自己出现了记忆力障碍。她开始遗忘很多事情，从前折磨她的众多记忆的细节也从脑海里被一点点抽离。她记得不久前发生的一些事情让她很受伤害，但是是什么样的事情呢？她在第一时间无法想起，只有静静回忆，一切才慢慢回到脑海。还有一些时候，她发现自己在片刻间无法记起顾显涛的脸。

她咨询过医生，得知那些药物不过是抑制了她神经的活跃程度，使她脑海里的一切思维运作都慢了些，包括记忆的搜寻。此外，便是她主观心理的影响和选择了。

宋芸觉得，其实这样也很好。

一场失恋，带走了宋芸超常的记忆力，她再也不是大学时那个临时抱抱佛脚就能考得比别人更好的幸运者了。

宋芸不再给顾显涛打电话了。

因为她很长时间内状态异常，公司领导有些微词，宋芸索性辞职去旅行。沿着从前顾显涛带着她去过的地方，云南、青岛、西藏、西宁、花湖，一站一站地走。

以前他们旅行都是穷游，用着顾显涛大学时勤工俭学挣来的钱。现在宋芸包里有足够的钱，旅行中却只有失落的味道。

在梅里雪山，没有人再担心海拔太高而不让她快步行走；在青岛，她想起她曾因生吃太多海鲜引发肠胃炎顾显涛背着她满街找医院；在花湖，没有人给她准备胶鞋驱蚊药水，没有人扶着湿地真的很难行走；在青海湖，身边没有那个爱着她的人，漫野菜花只是一片金黄的孤独……

宋芸一个人重走下来的旅程，就像一把自虐的刻刀，每一道刀痕里都刻下了她对从前的悔恨。

旅行结束后，宋芸回到出租房里沉沉地睡了一觉。醒来后，她就出门去换了电话号码。

她终于决定，不能再把自己圈在期待里。期待，然后一天天看着自己的期待坠地破碎。

她已从心里接受顾显涛的电话大概永不会再打来的事实。

在旅行的路上，宋芸一点点想明白：他在她的生命里存了那么多的深情，在他离开之后那些深情只是幻影，只有她还独自坐在幻影里。她背不动那些深情的遗产了，不能够再盘坐在遗物里清点自己富可敌国后城池空荡的荒凉。

宋芸换了新工作，为了上班方便，搬了新房子。半年之后也有了新男友。

新男友长宋芸七岁，是成熟温和的大叔型男人。他不会为了宋芸一点不高兴就抛开工作跑去逗她高兴，却把宋芸身体的小毛病、生活中要注意些什么都记在心上。他不会送她花哨的花束和情人节礼物，但会把他的工资卡信用卡都交到了宋芸手里，让她喜欢什么都尽管去买。宋芸觉得知足了，这世界上哪有那么多生离死别的爱情呢？一个男人愿意给你他的钱包和百分之五十的心，他已经是在爱你了。

宋芸早已不是个爱作的姑娘了。

虽然有时候，宋芸也会觉得有些哀伤和失落。他们是七十五分恋人，各有故事的成年人。这世界上再没有一个男人能像曾经的顾显涛一样，在正当好的年纪，用水晶一样剔透的心思热烈地爱着她。

宋芸在无意中发现了新男友在 QQ 上和女网友暧昧的聊天记录。宋芸在跟他交谈一番后原谅了他。新男友当着她的面删去对方号码，发誓绝无下次，宋芸选择了相信。

相信眼睛看见的。相信耳朵听见的。相信生活。要不然，要怎样呢?

不久后，演员黄海波被曝出嫖妓被抓的新闻，宋芸很怅然地说："他怎么会这样呢。"

也不过是一点怅然而已。她还是追他演的剧，他演的角色还是喜欢。

只是那时，她又想起顾显涛，想起大学时他第一次看 A 片后心怀愧疚满心忐忑地向她认错，那样洁净热烈的情感，在现在很多人眼里就是个笑话吧。她终究也和他们一样，是把生命中的珍宝当成了笑话的人。

在顾显涛离开之后，她变成了一个在爱里温柔宽容的人。她所有的温柔与宽容，都给了顾显涛之后的人和顾显涛离开她以后的世界。

生命里总有个人，愿意用自己去拥抱你身上所有的刺。等你能够温和地面对爱情和生活的时候，他已经不在了。你后来所有的善待，都给了别人。

他曾竭力给她最洁净的世界，但她最终要面对真实世界。

再想起顾显涛，宋芸是感恩的。也只剩感恩而已。

交往一年后，男友向宋芸求婚，宋芸点头答应了。

然后一切在欣欣向荣中越发忙碌。他们买了新房，眼前正在装修。男友工作忙，宋芸每天独自跑东跑西地买材料盯装修，很辛苦，却也忙得不亦乐乎。

她不再是那个被顾显涛捧在手心里，舍不得让她十指沾上阳春水的女人了。每个悬空的豌豆公主最后都要落地，沾一身尘埃，再从尘埃里开出花来。

结婚前夕，顾显涛鬼使神差地冒出来，在网上联系过她几次，有想复合的意思，宋芸没接话。后来有一天，顾显涛从别人那儿要了她的电话，打过来，问她为什么换了电话号码也不告诉他。宋芸心想，他是真忘了那时他都不肯接她电话吗？

他是她生命里最温柔也最残酷的过客。

宋芸想了想，什么也没说，只同他说声“忘了，不好意思”。这句礼貌客气的话一出来，顾显涛也知道了他们之间的不可能。

挂了电话，宋芸想，原来爱真的是消耗品，用完了就不再有了。她曾虚耗了他，他也耗空了她。转而言之，他们是两个没有缘分的人。

幸好，她还可以永远记得，这世界曾有一人爱她如同深爱全世界。只是当他转身离开之后，他们再也无处相逢，若再有相见，也不过是两个面容相似的陌生人。

那么，再见吧，亲爱的人。前路的那些美丽与风霜，让我们各自前行，且行且珍惜。

这个世界那么热闹，每个人都奔跑向前，没有人在意路上的小小遗失。只有你自己知道，你已永失已恋。

最爱的人是用来告别的

我的失恋不足一提。

可惜夜色知道所有秘密。

你会不会爱上一个卧床多年的病人？药味、消毒水味、疾病在脸上投下的阴影和眼中的抑郁目光。这是我们对病榻之人的误解。

你不会爱上一个卧病多年的人，我也不会。我曾经这样以为。

二十几岁的日子，怎么过都不开心。虽然工作不错，身体健康，男友陆值浪漫温柔百依百顺，生活看起来形势大好。

那或许就是所谓的青春期抑郁。拥有生命，但不一定拥有生活。拥有恋人，但不一定身在恋情中。

直到遇见一个人。

我第一次见郑丛的时候，他坐在窗前，身后映着蓝色窗帘，脸色因为多年患病蜗居于家白得像月光。

我很早听说过他，但之前从未见过。我们共同的朋友起先是对他赞赏有加，后来又对他的际遇唏嘘不已，我还未见过他，他的名字便像只蝴蝶常在耳边翩然飞过。

我有些慨然，却没有更深的触动。毕竟是不曾谋面之人，人各行自己命运之轨，哪来那么多对别人的悲风鸣月。世事无常，谁也不知道明天和不幸哪个会先到来。

见到他的第一眼，我只觉得时间寂然断流，天地的俱静里，只剩他微微一笑。

他坐在轮椅里，磊落地对我歉然一笑，倒像一切命运里所遇皆是他的过错。

他不是漂亮到让人不能挪目的男人，但就是令我心惊。他的五官像从我心里拔节生长起来的，贴合我心意的全部纹理，那面容里的一笑一默都让我心生欢喜。

我从未遇到过如他一般的人。

那天过后，在 MSN 上和郑丛聊天。

我变成话多的姑娘，常常一不小心就兴致勃勃打出大段文字，我想要与他分享的事情居然那么那么多。我把它们打出来，又常常删去，最后只回他简短的句子，小心维护自己的一点矜持。

再后来，我独自去看郑丛。以路痴闻名的我那天毫无例外地又迷路了，在小区里东走西闯，又不想打电话给郑丛，最后只得对着一幢居民楼下一丛茂盛的木槿花发呆。我从来没有见过那么大的木槿花，每一朵都比我的拳头大。

郑丛在窗口看见我，电话打过来声音里全是笑意，他说："笨丫头，路不在花里，你抬头往右上方看看。"

那个夏天的花事那么繁盛，繁盛到让人无法遗忘。

后来我就常常出现在郑丛家。

郑丛因为身体不好，几年里他的饭都是家人帮他端到病床前的。每一次我在的时候，郑丛就坚持在饭桌上吃饭。他坐在我对面，叮嘱我多吃青菜多吃肉，总之一切都要多吃。我觉得他应该去开养猪场。

体力不支的时候，郑丛就靠在椅背上闭上眼睛休息几分钟。那个时候，我就放心地盯着他看。他那比我还要长的漆黑睫毛，如吊兰一般；还有那每天都刮但依然泛青的胡茬，如雪后蓄春的原野一般。

那时候我的心里经常盘旋着一个无法遏制的问题：为什么世界上会有这样一个人，他的一切我都喜欢？为什么我们相遇的时候，是这样的彼此？

那时陆值正作为学校一个课题的负责人出国游学，要在国外待两年。他每天给我打电话，分别说早安和晚安。

我同陆值聊起郑丛，他在电话那头不以为然。他早已从那个朋友处听说过郑丛。于他而言，郑丛就是个年纪轻轻却不幸查出身患脊髓灰质炎、后来多半时间都要卧床的倒霉家伙。他不觉得这样一个男人会给我们的感情带来什么威胁。

陆值甚至豁达地支持我多去看看郑丛，他怕我一个人待在家中孤独，又表达了他对郑丛的怜悯。

没有人猜到我会爱上郑丛。

不知道为什么，我觉得很难过。我讨厌别人怜悯郑丛。郑丛不需要怜悯。

郑丛，是他们不了解的郑丛。

有谁会在自己并不长的人生突遭“腰斩”，只能与病榻相伴后，还拿自己的际遇开玩笑？

我常想起有次郑丛一脸得意地在我面前炫耀自己人缘好的样子，他说：“你不知道我的人缘有多好。我病后不久，新闻里不是播报有个百年难遇的日食吗，那天呼啦啦十来个朋友一块来看我，我受宠若惊。他们问我‘郑丛，你拍的那些X光片呢？’然后，他们就一人拿着一张片子盖脸上齐刷刷站在落地窗前等日食去了。把我急得大喊‘你们也给我留个位置啊……’”

我笑得前俯后仰，笑到想躲进卫生间哭一场。郑丛啊郑丛，你怎么能对自己那样没心没肺呢？

那只是郑丛随口跟我开过的众多玩笑之一。在他的生活里，痛苦没有影子，它们都被时间腌成了段子。与郑丛的身体欠安相比，这世界上多数人心灵残疾。

除了陆值，我不曾同别的朋友提起郑丛。他像我偷来的一罐糖，捂在口袋里，拥有了全世界的甜香，于无人处回味，甜到忧伤。我虽不知道会如何失去这罐糖，但我知道我必将失去它。

在我们的人生里，有太多东西到来又离开，我们已经习以为常。一切终会过期。机票会过期，食品会过期，愿望会过期，诺言会过期，曾经爱过的人亦会在生命里过期。

我们已经以成长之名，太过熟悉无关生死的失去。

我和郑丛谁都没有讨论过爱。我们只是渐渐变成了两个比从前容易快乐的人。

我将看过的众多书带给郑丛，他最喜欢《小半生》，他说那是一个好名字，他说我们在一起的时日有熟悉感，就像已过小半生。

我不知道郑丛爱上了什么。而我，爱上了这座我在大学毕业后留下来多年都不曾爱上的城市，爱上了夜色里郑丛家窗口的那盏独一无二的灯光，爱上了小区里我们散步时一同走过的每一棵花树；我爱路灯下我和他拐弯时慢慢叠加的身影；我爱曾令他微笑的某种花香；我喜欢我们相遇后共同认识的每一个可爱的朋友。通过一个人，我爱上了一个世界。

唯一的一次说爱，是有天郑丛听我用家乡话打完电话，他笑嘻嘻逗我说：“我爱你。”

我有些脸红，他接着狗尾续貂，问道：“这句在你家乡怎么说？”

我瞪他一眼，不肯告诉他。

我错过了唯一一次告诉他我爱他的机会。

我爱你郑丛。这句话后来在我心里回响过无数遍，直到回音把我的心徘徊成一个寂寞无人的空谷。

我的爱，大概是这世间最无力的东西。我清晰地记得我在电脑前百度脊髓灰质炎时身体不由自主地颤抖。从身体机能的逐级毁坏、肌肉形体的日益萎缩变形，到最后让我触目惊心的他们相对普通人的生命无常。我永远无从想象，在这世间要怎样等待着可预计的死别，与那所爱之人。

我们的告别没有任何形式。陆值回国的前一天，我最后一次去看郑丛。

那天我去买了新的素描本，和平常一样坐在他的房间里，拿出本子随便画两笔。他则靠坐在床边用笔记本电脑看武侠小说。

新本子上一片雪白，我忽然起身，走到他身边，把笔放进他手心里。郑丛的手受疾病影响，肌无力，是握不住笔的。我握起他的手，一笔一画，在本子封面上写下我的名字。我看着那个歪歪扭扭的名字，笑了。郑丛也笑了。

研究生毕业的郑丛，曾经写着一手漂亮好字。

那天我待到很晚，直到大把月光洒在他房间的墙上，又白又亮，像一掬打翻的水银。

走的时候，我没有像从前一样在门口摆手说拜拜，我走到他床前，对他说："郑丛，再见。"

郑丛看了我很久，回我一声，再见。

那是我第一次在郑丛面前叫他的名字，也是最后一次。他的名字，宛如我心上的咒语。

陆值回来以后，我们都没有再提过郑丛。我们一起牵手买菜，早起在镜前并排刷牙，洗衣机里又开始同时搅动我们两人的衣服。日子和从前无异。

如果一定要说有什么改变，那或许就是：当我们手牵手散步的时候，我会对着前方一幅广告牌不自觉微微一笑，因为那是一则关注脊髓损伤的公益宣传；当我们面前的坡道上有一辆轮椅在慢慢前行，我会跑上前去帮忙推一程；陆值加班的周末，我会同公益组织一起去康复中心帮助那些失去生活自理能力的人。

那个群体，是我在认识郑丛之前从来没有关注过的。认识郑丛以后，我觉得他们都是上帝最爱的苹果，因为喜欢，忍不住多咬了一口。

爱是什么？爱是一条通往这世界的温柔通道。你爱过一个人，从此发现这世界处处是与他相关的温柔，每一个瞬间都可能被击中心中的软肋。

相比爱的意义，大家似乎更关心失恋的意义。女朋友们坐在一起聊起前任和失恋。

沈青说："失恋不要紧，重要的是不要失心。"

花枝丸说："失恋是一门成长课，得到成长就应心存感激。"

李小荷说："失恋是人生最痛的那一刀，挨过去之后你就发现自己原来可以挨得起更多刀。"

我的女朋友们，个个聪慧美丽，心思通透地过日子。

她们笑我，说："你就不一样啦，有陆值这样一个从高一开始就追在你屁股后头的护花王子，哪里知道什么感觉叫失恋。"

我笑笑不说话，只把玩面前那杯薄荷水。把玻璃杯贴在眼睛上，透过薄荷叶那片青绿看过去，世界也是清绿的。回忆的绿，绿得让人落泪。

我失去了一场如此隐秘的恋情。弄丢一个人，弄缺心底的一角。

这个世界这么热闹，每个人都奔跑向前，没有人在意路上的小小遗失。

没有人知道我永失我恋。

我最终还是没有同陆值在一起。

陆值回国后常说我心事重重，他回国后的第八个月，我们和平分手，相约做友人。此后，我们默契地成了永不再约见的友人。这是我和陆值这段关系中最后的默契。

那天陆值在博客里写了一句话：最爱的人是用来告别的，因为深爱，太过敏感，不能假装粗疏去走完前程。

我觉得很抱歉，因为我也觉得他是对的。

我没有回去找过郑丛。郑丛曾经问过我一个老掉牙的问题："你会选择一个爱你的人还是一个你爱的人？"

我当时没有回答他，因为觉得这是一个欺辱人的话题。我为什么不能选择我爱又爱我的那一个？

郑丛知道那很难。

我后来和一个在相亲中认识的男人结了婚。他胖胖的，站在雨中等我的样子像宫崎骏的大龙猫，和我之前喜欢的清瘦型不同。他在外很严肃，回家后爱玩电脑单机游戏，听见我说话就放下手柄以和他的身材不协调的速度奔来。我开心的时候，他笑得比我快乐。我不想说话的时候，他比我更沉默。

我们在一起后不久，有天他问我："我们的日子你觉得能打多少分？"

我说："八十分。"

他很失望，他说："可是我觉得是一百分啊！"

我笑着揉乱他的头发，道："八十分我已经很满意啊！要留二十分给上升空间。"

郑丛，你现在的日子是多少分？

婚礼的时候，郑丛没来。他当然不会出现，我也从没想过给他请柬。

但我收到了郑丛托朋友捎来的红包。我把钱取出来托人退回，红包留下了。因为红包上面写着字：江朵，新婚快乐，白头偕老。

字很好看。我知道不是他写的。

我当然会白头，有没有郑丛我都会白头。我们当然都会变老，和不和谁相偕都会老。

我和这世界上所有自私的人都是一样的，我们的人生路上根本无须费心抉择，唯一的标准就是自我保全。每一个鸡汤教主都在洗脑：我们的人生只需要保险杠，一道又一道，来保证自己的人生与别人的相比没有落差。

我们似乎并不需要爱。

爱是绝大多数人常念在嘴边却在内心早已抛弃的成人童话。

曾经把我看成独一无二女孩的郑丛看错了我。我和他从来不是一种人。

像我这样现实过头的人，活该活成一株不需要爱情的标本。

但是，我是一个靠写字卖字为生的人，习惯从身边的每一个故事里去找寻意义。但从遇见郑丛，到放手失去郑丛，有什么意义？我不知道。

我只知道，遇见他之后，我看见这个世界有莫大缺憾，却变得深爱这个世界。因为这个世界，每天所有人都在一起呼吸吐纳，即便隔着那么多的不相干，也在一同老去。

我从此不相信爱会变成爱过。哪怕爱之无用。

直到两年后的一天，我遇见了郑丛的妹妹郑思璐。思璐问我："那个红包上的字你喜欢吗？我哥让我握着他的手写的。"

我回家后到处翻找那个红包，却怎么也找不到，最后急得一屁股坐在散落的抽屉间，眼泪怎么擦也止不住。

我从梦里醒过来，夜色寂静，枕边人在轻声打着呼噜。我看见窗外的白月光，它如同我离开郑丛的那一晚，还是那么皎洁。

我去书房取出那本《小半生》，打开，月光照在我和郑丛的面庞上。我的手轻轻抚过那张脸，无论隔着多少辰光，惊鸿一瞥间，那张脸永远都是这世界在我心上的温柔一击。

那是我所拥有的唯一一张偷拍。

我不哭。照片上的我们笑得那么好，像永远驻在我们曾相遇的小半生。

怀抱珍宝行走的人

李山在西安混酒吧的那几年，每逢他的演出，台下常有一个短发姑娘在。

姑娘长得有点像王珞丹，五官清秀，气质文静，衣着素净得像个学生，与酒吧的那些红男绿女格格不入。在那些摇着酒瓶、酒吧灯光一晃就兀自嗨翻天的神经质青年里，姑娘抱着一瓶苏打水慢慢地抿，格格不入的静。

时间长了，大家没法不注意那姑娘，大家都知道了，她叫小蓓。

有天中场休息时，李山跳下台接过兄弟们递来的啤酒，随手甩给了小蓓一瓶。她手忙脚乱地接过那瓶隔空飞来的喜力，红着脸对李山一笑。场子里太吵，姑娘声音太小，但从她的嘴形李山看出来她是在说谢谢。

李山后来唱完歌，发现小蓓还站在那里，手里傻傻地抱着那瓶喜力啤酒。李山走过去，一挑眉毛问她："不喝酒吗？"

小蓓急忙答："啊，我喝的，我喝。"

李山从她手里拿过那瓶酒，放嘴里用牙帮她咬开了瓶盖，递给她。小蓓拿过去，果然仰脖子就喝了。李山看她咽得辛苦，忍着笑，转身回舞台上收拾家伙去了。

等他收拾完东西，和乐队兄弟们打过招呼，转身准备走的时候，就看见小蓓正往外走。她走路的姿势有点奇怪，李山觉得不对劲，追到酒吧门外拍了拍她的肩。小蓓转过来，脸上有两片醉酒的红晕。她笑眯眯看着他，道："谢谢，谢谢你的酒啊。"

李山还是第一次见到喝一瓶啤酒就能醉的姑娘。他叹了口气，跟小蓓说："你住哪儿？我送你。"

那天，李山打了个摩的送小蓓回家。摩的司机开得很快，夜风迎面吹来，特别惬意，小蓓高兴地在风里伸长双臂傻笑不已。

后来熟络了以后，李山就说小蓓："不会喝酒以后别在外头乱喝知道吗？碰到坏人怎么办？再说你看你喝醉了那个傻笑的样子，哎，丑得惨不忍睹。"

小蓓一吐舌头，笑道："除了你没人给我酒喝。"

小蓓很快就成了我们的朋友。她很乖巧，像李山的小尾巴，也像我们大家的妹妹。

小蓓特别喜欢和我们一起玩，她说羡慕我们朋友间感情这么好，一个个也都很有趣。

小蓓年纪小，这一年大学刚毕业，她管大家都叫哥哥姐姐。大家在一起玩，买水取打火机跑个腿，小蓓跑得比兔子还快。一堆人去打野地 CS，跑出一身汗，小蓓是自愿留下给大家看衣服的那一个。小蓓心细，谁不喜欢什么、谁习惯什么她都记得清楚，把大家照顾得很好。

大家都很喜欢小蓓，甚至包括李山的女朋友毛球。

小蓓对李山的那点小心思大家都看在眼里，但没人在意。小蓓是个知尺度的好姑娘，李山和毛球的感情也很不错。况且小蓓这样的黄毛小丫头，正是容易动心又多变的年纪。谁也不会把她的小心思太当真。

毛球惦记小蓓年纪小，出差旅游碰见好吃的好玩的总记得特别给小蓓带一份。谁提到毛球，小蓓也总忍不住要说一声："毛球姐姐待人真好！”

平心而论，李山对小蓓是有点刻薄的。也许是对小蓓心思的心知肚明。情感里的爱与被爱总是那么不公平，爱与不爱又太过分明，单向被爱着的那一方，难免会滋生一种肆无忌惮。

小蓓剪了个蘑菇头，喜滋滋地晃着头来给我们看，我们都夸好看。事实上就是很可爱，发型很适合她，可李山偏要冷冷地说："呆，像扣了顶锅盖。"

小蓓爱穿棉麻连衣裙，很纯正的文艺范。李山说她："你怎么一天天穿得跟个村姑一样，你学学你嫂子毛球，人家穿衣服多好看。"

黑子过生日，大家在黑子家吃饭庆生，小蓓早早来帮着黑子夫妻俩张罗。李山挽着毛球一进屋就戏谑她："小蓓，你是不是没男人追，好端端小姑娘不去看电影压马路，一天天跟着我们这些老油条有啥好混的？"

小蓓一般不理他，笑眯眯地把他的话当耳边风。有时话说得实在难听，小蓓脸色一黯，也只不过一小会儿的事情，稍后又满面春风地忙着给大家端茶倒水。

大家都以为小蓓对李山的喜欢不过是小姑娘对酒吧歌手的一时新鲜。

像李山他们这种搞乐队的，身边少不了一堆被青春、音乐、荷尔蒙迷得五迷三道的年轻小姑娘。李山很厌烦那些听过他们一首歌看过一场演出就说喜欢的姑娘，他觉得那么容易动心是一种病，得治，而且只有时间能治，说白了，他觉得那不过就是幼稚。

毛球和李山也是在他演出时认识的，但李山喜欢毛球喜欢得要死要活的，为什么呢？说起来并没什么道理，大概就是因为李山先对人家一见钟情。可见三观这个东西是靠不住的。因为爱情这种东西完全就是精神病，不会按常理出牌的。

总之身边这样的小姑娘大家见得多了，李山不感冒，也从来没有在意过。我们这帮朋友，也就没有正视过小蓓的情感。

但那两年，小蓓一直都在我们的朋友圈里。因为她的乖巧和善良，大家渐渐也都喜欢这个小姑娘。

两年里，一直没见过小蓓交男友，大家都看得出来，她心满意足地在围着李山的影子转着，哪怕李山的身边一直站着毛球。她那点快乐的心满意足，让我们开始有些为她憾然。

5·12地震那天，李山急得穿着拖鞋就狂奔去毛球公司找毛球，结果那天毛球没有去上班，李山回来以后在落在家里的手机上看见了九十七个未接来电，其中四十一个是毛球的，五十六个是小蓓的。地动山摇里，每个人都在寻找自己最在意的人。

李山乐队的贝斯手那天在李山住的二府庄村口碰到了小蓓。在大家都慌忙奔出，远离村中那些质量可疑的房子的时候，小蓓逆着人群跑进去了，一望即知，她担心李山，是去找他了。后来，小蓓出来了，等在村外的马路上的小蓓远远看见了李山，她自顾自笑了一下，转身走了。那时候，李山并没有看见她，他正与在村口遇见的女友毛球深情相拥。

后来贝斯手小唐给我们形容过小蓓那一刻的表情，她那时笑容里的欣慰和悲伤，都让小唐不忍直视。

地震后，毛球和李山第一次吵架，吵得天崩地裂。几天后毛球就辞了工作跑回了浙江老家。

吵架的原因是李山一直不愿意见毛球家长，地震事件后，毛球不想再拖，就私下跟家里说了自己在这边交了男友的事。毛球是家中的掌上明珠，是正儿八经的富二代。他爸妈本以为她是好日子过惯了，想在外面混两年图新鲜，也就放任她去了，毕业没催着她立马回家。现在见乖乖女留在外地找了个穷小子，毛球妈急了眼，第二天就坐飞机跑来了。结果李山和毛球妈见面后，不战自降，直接不肯承认自己是毛球男友，只说是普通朋友。

毛球妈安心地回家了。毛球怒了，送走了她妈就拉着李山吵架，怒斗三百回合，从李山一开始以音乐创作为由不搬去她租的公寓而选择独居城中村入手，一直逼问到李山是不是根本就没爱过她。李山那天成了个闷葫芦，说什么都不吭声。

毛球要翻手机李山也由着她，翻出小蓓的那五十六个未接电话，毛球就炸了窝。

“你是不是一开始就没打算和我有结果？”毛球问。

这次李山开腔了，“是。”他答。

几天后，毛球就辞了工作跑回了浙江老家，她和李山至此没有再见过。

小蓓知道这件事后感到很愧疚。她跑去嗫嗫嚅嚅地找李山道歉。李山维持了在她面前一贯的嘴贱和高冷，他瞥她一眼，说：“关你屁事，别什么事都往自己身上揽，我和你能有几毛钱关系。”

小蓓再道歉，劝李山去追回毛球，李山就烦了，说：“都说了不怪你，你还啰唆什么，我追不追的，轮得着你一个小屁孩子操心吗？”

小蓓就闭嘴了。

她站起来，在屋里转了一圈，看了看表，问李山：“你想吃什么？我给你做。”

李山马上恬不知耻地乐了，道：“辣子鸡！”

小蓓点点头，在屋里摸了个塑料袋就出门去了菜市场。

毛球走后，小蓓待李山更是掏心掏肺地好。毛球在的时候，小蓓能拿出来的好是小心翼翼掩之又掩的，是从拿给大家的好里分给李山一等份。毛球走了，小蓓对李山的心意藏也藏不住了。

而李山对小蓓的不感冒，也是看在大家眼里的，同样是不加掩饰。

对朋友都很仗义厚道的李山，不知道为什么，对小蓓格外刻薄。比方说有天小蓓在路边碰见一个追着她问路的男生，问完东边问西边，问完路就问她的裙子在哪买的，说想买件送给女朋友，大家一听都觉搭讪意图明了，只有一旁的李山冷冷地张嘴就说：“你小心点，他肯定是想抢你包。”

有天大家聊得很欢乐的时候，小蓓一时兴起，壮胆问李山：“毛球都走了三年了，你怎么还没有交新女友？”

李山想也不想地拿筷子点点小蓓的头，道：“旁边单身的，都是你这种前平后平的，我可不想将就。”

这话太过分了，连我们都听不下去。我仗着和李山认识的时间长关系铁，伸手就拿筷子在他头上抽了一下。小蓓的眼神一缩，她本来神情很尴尬，大家都看出，那一秒她居然立马就心疼了。小蓓笑着看着我说：“没事没事，李山说笑的嘛。”

我倒觉得不好意思了。

李山喜欢张学友是众所周知的事情。二〇一一年，张学友二分之一世纪演唱会西安站的消息刚出来不久，穷鬼李山跟我们开玩笑说，穷人有穷人的办法，他有个朋友租的房子在体育场附近，他准备到时去他家拿个望远镜趴窗上看。

没几天，小蓓看似不经意地对李山说，她有个朋友公司有票，是用来送客户的，说到时多余的能送给她，到时有的话她就给他拿。李山当时就骂她：“小孩家家，学啥不好，净学人说瞎话，一张票从几百到一两千块钱，人家有票不会拿去卖给黄牛，送你干啥？”

到九月，演唱会要开了，小蓓真的摸出两张票来，还是A区，说朋友那果然有剩的，她不好意思多要，只拿了两张。李山让她去找黄牛兑成钱，小蓓眼巴巴地望着他，眼神很可怜，低声道：“可是我很想看啊。”

那天晚上，李山就和小蓓一起去看演唱会了。看完演唱会，已经是近晚上十一点了。体育场附近人山人海，根本打不上车。李山再耍贱，也不敢让小蓓一个姑娘家这么晚一个人回家，只好走路把小蓓送回去。

一路上，小蓓蹦蹦跳跳的，去踩路上两个人的长影子，像只小兔子。李山瞪了她一眼说道：“幼稚！”伸手就揉乱了她的蘑菇头。

到小蓓家门口，李山塞了一把钱到小蓓手里。小蓓不肯要，李山的脸立马拉了下来，道："拿着，我知道票是你自己买的，你说你一个月千百块钱作个什么劲。你老大我比较穷，就这几百块钱，你要是看得起老子就拿着，吃点好的，别为了看场演唱会亏了自己。"

小蓓回了家，把手里的钱一张张捋平，夹在书里放起来，那七百二十六块钱，她一分也没舍得动。

就在我们觉得小蓓和李山或许有戏的时候，李山离开了西安。他选择了北漂，相信北京会有更多适合他的发展机会。

猛然算起来，才惊觉小蓓认识李山居然已经有五六年了。一个姑娘，肯把五六年的青春花在一个人的身上，已经不是喜欢那么简单了。

这五六年里，大家目睹着小蓓一点点成熟起来，穿起了高跟鞋，用起了红唇膏，从公司小职员做到了组长的位置，气质娴静里多了一些从容。如果李山没瞎眼的话，是能看出来这是一个人群中引人注目的小美女的。

我们都有点怜惜小蓓，怜惜那个把最美丽的时光都用来默默爱着李山的姑娘。

李山的选择没有错，他在那边果然如鱼得水，好运连连，很多广告短片和影视宣传片都用了他做的电子音乐，他还担任了很多部知名电视剧电影的音效师，名字频频上了片头字幕里。

有次和李山在 QQ 上聊天，我聊起小蓓，李山的话让我吃了一惊。李山说，他去北京之前曾经问过小蓓，要不要和他一起走，但小蓓拒绝了。

"幸好她拒绝了。"李山接着说，"如果我不爱她却和她在一起了，才是对她最大的辜负。只要她身边那个位置没有被像我这样一个错误的人占据，她那样的好姑娘等下去，总有一天会碰到属于自己的爱情的。"

而小蓓后来也跟我讲过有关她和李山的全部故事，在李山已离开，所有属于他们的时光都已谢幕之后。

李山去北京之前，问她要不要和他一起走。那几乎是唯一一次李山没有在她面前戏谑和耍贱，他问她时的表情很严肃，也很柔情。但小蓓还是看出了他内心的犹疑。小蓓看了他一会儿，笑着摇了摇头，说："不要。"

小蓓对我说："即使他的神情里没有犹疑，我也不会和他一起走，虽然，我的确很爱他。"

"你能理解吗？虽然很爱他，一直爱着他，在他问要不要和他走的时候依然在爱着他，但是我不会跟他走。"

小蓓说，二〇〇七年那个晚上，当她路过酒吧，听到里面有个声音在唱邓丽君的《在水一方》时，她被吸引了，忍不住第一次进了酒吧。台上的人就是李山，他站在舞台上，穿着一身黑衣，灯光打在他脸上，他闭着眼睛吟唱的样子干净又纯粹。她静静地站在台下望着他，人群的喧闹在那一瞬都像静止一般，她在那时就喜欢上了他。

那是她第一次喜欢上一个人。自此她才知道，原来喜欢一个人的感觉那么好。好像在这个世界之外又偷偷拥有了一处童话世界，美好到想向全世界打开，又害怕被任何一个人偷窥。

羞怯内向如她，决定无论如何要遵循自己的心意去爱着他，完成这个被自己的心召唤着的爱的旅程。

可容她怎样去爱呢？李山的不爱那么分明。爱一个不爱自己的人，是这世界上最摧心折力的事情。

在他的不爱面前，她曾经自卑而心灰意冷。小蓓说："纵使平凡如我，也有一颗骄傲的心。"

李山令她当众难堪，不止一次使她想掉头黯然离去。

但是她都没走，因为她爱他的欲望太过强烈。

后来，她开始相信，这世间的每一份爱都是定量的，都有用完的时候。她在这样的绝望里寻求到了希望。因为相信爱要尽力，她允许自己用自尊去换取继续爱他。因为相信爱有期限，所以允许自己低到尘埃里。她的爱，是一个人的事情。

小蓓说："你爱一个人，他恰好也爱你，这是神迹。平凡如我，不敢期待神迹。"她早已为他们选好结局，不可更改。她爱他的过程，便是一个目睹火柴燃灭的过程，结局中除了回忆的绚烂便只能余下灰烬。

她曾经暗地恨过李山的直白和不留余地。但后来一次次翻开回忆，她就越来越明白，李山所做的一切都值得她感恩。他所做的一切不过是为了保护她。他不爱她，但待她恩慈。这一份恩慈情意，于男女间已是难得。她感激他，也感激老天让她在最好的青春没有遇错人，她爱过的是一个值得爱上的人。

所以，小蓓断然不会接受他最后的邀约。她不要他的被感动，不要他在深爱之外的怜惜，更不要他内心的犹疑，甚至她早已决定，不要他迟来的爱。

李山不明白，她爱他早已成为她一个人的事情，他做什么都无法挽回，这是一个悲观爱慕者的自我保全。

而小蓓得知李山说的那些话后，神情很安慰，仿佛那么多年的爱恋都有了最完满的回应。

"如果我不爱她却和她在一起了，才是对她最大的辜负。只要她身边那个位置没有被像我这样一个错误的人占据，她那样的好姑娘等下去，总有一天会碰到属于自己的爱情的。"李山说。

他们都是懂爱的人。

爱情可不可以是一个人的事情？我不知道。但我相信，若有人因为一件物品或一个信仰而内心变得快乐，那么它就是美好的。

正如小蓓所说，她在爱着李山的时候，觉得自己并不孤独，那是一个悄然怀抱着珍宝在行走的人。

如此，纵使谈一场始终在失恋的恋爱，她的六年亦很美。

这世间不是所有深爱的人都有运气厮守在一起，可是因为这世界有你在，我就愿意更爱这世界一点点。

你和春天都很好

想起毕先，是因为在春日的街头看见一个中年男人正含笑等着穿过马路向他走来的女人。两人年龄相仿，女人并不算漂亮，但男人的神情充满幸福感。

惦念起毕先和他爱的人，我这才发现，距毕先上一次打电话过来和我聊天已有两年时间。我找出毕先的电话，打过去，电话那头显示查无此号。毕先，这个我交往不多、却收下了他一生秘密的朋友，就这样从我的生活里静悄悄地消失了。

两年前他曾求死未遂，现在的他，应该还在好好活着吧？毕竟这世界上，还有个期待着他的芝士蛋糕的女人。

我相信是这样。我希望是这样。

毕先是我朋友里年龄最大的一个。几年前我从西藏回来的火车上遇见他时，他女儿已经十岁了。

西藏游绝对是一趟美丽之旅，选择乘火车离藏的人多半是冲景色去的。离开的路上，车窗外雪山和草原交替掠过，让人着迷。

但不是每个踏上这列火车的人都有心情看风景。我们那的卧铺车厢就很吵，两个大学生模样的年轻姑娘一直在叽叽喳喳地缠着毕先聊天。毕先是一个看起来很有范儿的中年男人，衣着不凡，眉眼周正，气质沉稳，映衬得坐在他身边的年轻男孩黯然无光。

对火车上的热情异性，毕先似乎心思索然，维持着一种礼貌的冷淡，两个姑娘却不太知趣，一直主动找话题嘻嘻哈哈地笑闹着。

实在太吵，我有些受不了，起身去车厢交接处抽烟，顺便可以安安静静看会儿风景。后来毕先也过来了。他点头冲我笑一笑，递来一支烟，淡淡问我：“你到哪儿下？”

毕先是商人，去西藏是为了采货，虫草藏红花之类，每月都要进藏一两次。毕先说他喜欢出门，就是每次出来都会想念十岁的女儿。毕先描述女儿的时候满脸温柔，他打开钱包让我看小姑娘的照片，很漂亮乖巧的模样，甜甜地从后面搂住爸爸的脖子。

毕先没有提他的妻子，这让我对看起来温文干净的毕先有点失望。我想是不是百分之八十的中年男人在外面的时候都不爱聊妻子，而真正的好男人，大概就在那百分之二十里。那时候，我的想法还比较单纯执拗，因为这点，我当时对毕先的态度比较冷淡。

其间，我接了个编辑的催稿电话。挂断电话后，毕先说，原来你是从事写作的啊。

沉默了一会儿，毕先说：“和你讲讲我的故事吧，跟了我小半生的故事。或许有一天，你会把它写出来。”

就这样，我知道了一个素昧平生的男人的故事。

直到毕先下了车，我还久久沉浸在他的故事里，胸口压抑得不能自由呼吸。

如果不是毕先亲口告诉我，我简直不能相信，这个年代还会有人陷入被他人操控的婚姻。

毕先从来没爱过他的妻子。因为她是被强行填进他的生活里的，他岳父岳母强势地改写了他的一生。

而他的婚姻则是一场鱼目混珠的闹剧。

被毕先爱着的那个女孩叫王思贝，是他的初中同桌，一个善良且羞涩的女孩，两人年岁尚轻，在校时就情愫暗生。

毕先早早没了父母，虽然成绩优秀，初中毕业后却没有机会像别的同学一样继续进入高中读书，只能早早进入社会养活自己。

刚出校门的时候，毕先跟着别人学汽车修理，在一家不大的车行，每天在汽车底下钻进爬出，弄得一身油污。思贝周末常去看他。她害羞，不好意思进车间找他，总是站在离车间不远的一丛茂密的白月季树后静静等。如果毕先出来时是一个人，她就像只小兔子一样蹦出来，笑眯眯蹦到他跟前。如果他和同事们一起出来，她就微笑着看着他，等他走过来。那几年，车行的工友们都羡慕毕先有这样一个漂亮乖巧的小女朋友。

后来，家里有个远亲看毕先勤快懂事，愿意带着毕先做点小生意，于是毕先开始天南地北地跑。思贝念完高中后在当地上了大专，毕先每次回去都会去学校看她。每次一见毕先，思贝还没张嘴说话，眼睛就先眯成月牙。走在校园里，毕先有点自卑，思贝主动拉过他的手，遇见同学问是她男朋友吗？她马上甜甜笑着点头，那时毕先心里甜蜜又感动。从学校出来，毕先总要带她去市中心吃蛋糕。那时候，芝士蛋糕在小地方还很稀奇，市中心只有一家店里有，思贝很喜欢，每次都吃得一脸心满意足。

毕先走到哪儿都忍不住想念思贝。每次在外地采货时，看到能带走的美食和漂亮小首饰，他都要跋山涉水地带给她，她一笑他就格外快乐。第一次知道宝姿这个牌子的时候，毕先咬咬牙，给她买了身白色套裙，那身衣服的钱够毕先自己买上五年的衣服了。毕先如献至宝般小心翼翼地拿给思贝，结果她看到价牌后第一次跟他翻了脸。

思贝痛心地骂他：“你的钱又不是大风里刮来的，是你扛着大包小包火车转汽车、汽车转火车一分分挣来的。亏你还是穷过的人，怎么就这么不知死活呢？”

毕先之前没见过思贝那个模样，她气得眼泪在眼眶里直转，小脸通红，逼着毕先一定要答应她去把衣服退了。那天毕先哭了。从小到大，别人骂他是没父母的孩子时他没哭，没人管饿着肚子上学时他没哭，家里舅妈阿姨姑父那些亲戚互相推诿没人愿意分担他的学费时他没哭。自从他妈在他爸病逝一年后也跟着走了的时候，毕先就发誓再也不在别人面前哭了。但那天他对着思贝哭了，眼泪流下来的时候，他在心里想，他一定要混出个人样来，一定要让面前这个女孩坦然地享用这世界上最好的一切。

思贝父母很早就听说了毕先，他们一直反对，嫌毕先穷、无父无母、又早早失了学。他们明里暗里说了女儿很多次，思贝从来不争辩，但也没妥协过。

后来见两人一直没散，又知道毕先做生意也挣了些钱，于是思贝大专毕业后第二年，父母主动提出要她把毕先带回家看看。思贝兴高采烈地把好消息带给了毕先。

那天，毕先和思贝家人一起吃了晚饭，思贝、思贝父母还有她姐姐思琴。王思琴起身盛饭的时候，毕先注意到她的跛脚。王思琴看见他的目光，主动解释说她小时候淘气，爬树摔下来摔坏了腿，毕先不好意思地笑了笑。思贝一家人对毕先都很热情，这让毕先受宠若惊。当天，王家父母就提到了婚事，把订婚、结婚的事定下来了。他们说毕先既然没有父母在，婚礼就由他们来办，无须他费心。彩礼要得也很低，说是知道毕先不容易。毕先心头满是感激。最后，他们提出膝下无子，希望毕先能入赘。毕先心想自己反正也无父无母，思贝家人以后也就是自己的家人，就答应了。

毕先的婚事就这样定下来了。想着很快就能和思贝真正成为一家人，毕先那些天走到哪儿脸上都带着笑，别人一见都猜他是有喜事了。

他万万也没有想到，前方等待着他的会是他人生中一场可笑又恐怖的陷阱。

结婚那天场面并不大，王家两三桌亲戚，加上毕先几个亲戚朋友坐了一桌，简简单单一屋人。王爸说，来的都是家里至亲，大女儿没出阁，小女儿先嫁了，场面不宜太大。毕先表示理解，不管怎么样，能娶到自己爱的人，他觉得很高兴。

毕先和思贝乐呵呵地转桌敬酒，那天他心情大好，谁来敬酒他都喝，幸福溢于言表。思贝小声嗔怪，让他少喝点。毕先说："没事，一辈子就一次，这是咱们的大日子。"

那天，他岳父似乎也很高兴，晚饭时亲自领着几个长辈来跟毕先频繁碰杯，交代他要善待他女儿。毕先照单全收。最后毕先醉得不省人事，连怎么进的新房都不知道。

第二天早上，毕先醒来的时候，他的人生路就已经被人改写了。枕边那张脸，不是思贝，而是思琴。而从思琴淡定的表情来看，这绝对不是一场阴差阳错的事故。

大闹一场是不可避免的。王家软硬兼施，称生米煮成熟饭，不容毕先不认账。

换了新娘，没换岳父岳母，毕先还是他们家的上门女婿。毕先在这场狗血闹剧里瞠目结舌，年轻的他完全算计不过对方连亲带故的一大帮亲友。

最让他感到心寒的，是怎么也找不见王思贝，他们说她连夜走了，是她甘愿成全思琴和他的。

结婚后那些天，岳父岳母把毕先看得很紧，他根本没法走掉。而酒醉那晚的后果就是，婚后一个月的时候，王思琴被查出怀孕了。

毕先并不愿意当那孩子的父亲。他恨，恨思琴，恨岳父，恨他们一大家人。但最恨的，还是思贝。

虽然恨着她，却也想念，那种卑微的想念，让毕先痛恨自己。毕先婚后还常常梦见思贝，多半是她当年站在白月季花丛背后的样子。有一次，毕先梦见她对自己笑着笑着就流下了眼泪，泪水是红色的，像血一样。毕先心一揪，痛得从梦中醒过来。醒来的时候，看见自己的手紧紧按在胸口上。

孩子出生的时候，她的第一声啼哭像一只小手，轻轻拨动了毕先心上某根弦。那种感觉，就像毕先在白月季花树后看见等着他的思贝，又或者是和思贝第一次手牵手走在校园里时心尖的微颤，甚至比那更难言喻。

毕先第一次把小小的女儿抱在怀里的时候，突然感觉自己又有了生机，自己浮萍般的人生和这世界再度生出了关联。他把头埋进女儿的襁褓里，悄悄流下了两行热泪。

毕先的心，就是从把女儿拥在怀里的那一刻，在这个家安放了下来。

毕先收到思贝短信的时候，女儿七个多月了。

思贝请求他的原谅，她说了结婚那晚的事。那之前她对父母的想法一无所知，当晚毕先喝醉了，父亲扶他入新房的时候，她被母亲叫到了另一个房间里。她的母亲跪在她面前，请她成全毕先和她姐。姐姐有残疾，很难找到合适的好人家，而父母觉得大专毕业的小女儿应该找一个条件更好的男人。她不同意，母亲亮出剪刀以死相逼。她没有办法，只好接过他们提前买好的火车票，哭着连夜去了外地。

思贝还说，她见过他女儿的照片，很漂亮，长得像他。她祝他幸福。

毕先冷笑了一声，他想，王思贝你有什么资格祝我幸福？

毕先沉默了一会儿，就把短信删了。女儿哭了，他要去给女儿冲奶粉换尿片。

那天他往奶瓶里倒开水，前两回都浇在了自己手上。他想着思贝那晚带着新娘妆哭着坐在火车上的样子，他好心疼。

毕先女儿两岁多的时候，思贝回来了。她进家门那天，毕先客客气气地和她打了个招呼，就去忙店里的事情了。

思贝在亲戚的介绍下相了几回亲，很快就和当地一个条件还不错的公务员结了婚，从家里搬了出去。

他们结婚的那天，毕先和妻子去帮忙，他们夫妻俩负责调凉菜和洗碗，忙忙碌碌。女儿像只小燕子一样在他们之间跑来跑去。

妻子一直偷偷观察毕先的神情，他很坦然。忙碌的活计里，毕先常抽空留意着女儿，他看她的目光像温柔的拂尘，一下一下，爱抚地扫过她。

前尘旧事，只成了过往烟云。

毕先的妻子温柔了几年，看着毕先定了性子，慢慢也就没有那么小心翼翼了，一点点暴露出原本的暴脾气。女儿和毕先有点什么不对，她就扯着嗓子骂，街坊四邻都能听见。

毕先最烦大嗓门，每每挨骂，也不愿意理会，当没听见就过去了，该干什么干什么。但听到妻子用难听话骂女儿，毕先就不乐意了。

有次毕先就开口说她："哪有那样骂自己孩子的？你就不能像别的当妈的一样温柔点，有话好好跟她说？"

妻子像被针扎到的气球，一下就爆炸了，吼道："像谁？我要像谁一样温柔？王思贝是吧？她温柔，你倒是跟她过啊！我就知道你这个王八蛋心里还惦记着她，这么多年你就没放下过！"

毕先一下就僵在了原地。这么多年，那个公开的秘密就像一个地雷，所有人都小心地避着它。当它被人这样明明白白地拎出来时，他有种五雷轰顶的感觉。

那件事之后，毕先好多天没有同妻子说过话。后来，妻子让年幼的女儿传话，两人关系才缓和。

王家父母很避讳毕先和思贝的关系，从来不在他们面前提对方。毕先和思贝也都尽量避着对方。大概自知对不起毕先，这些年岳父岳母对他都不错，偶尔还有些讨好的意味。

有一天毕先回到家，发现思贝独自躲在父母房里哭。他在客厅转了几圈，还是去敲了门。思贝开门见是他，愣了。毕先问：“怎么了？”

思贝摇摇头，只道：“没什么。”

思贝转身关门的时候，毕先看见她脖子上有几道血印子。

后来，毕先听说了思贝经常遭家暴的事。她老公嗜酒，又听说过思贝和毕先的事，心下总觉得自己亏了，娶的是二婚女，每每喝醉就要打她。听见岳母在房里哭哭啼啼地小声跟人责怪自己害了思贝，毕先在客厅，手紧紧攥成了拳头。

但他能怎么样呢？全世界的姐夫都可以理直气壮为小姨子出头，就他这个姐夫不可以。

第二天，毕先鬼使神差地去了市中心那家蛋糕店。他几年没去过了，那家店换了装潢，换了员工，但东西的味道没有变。毕先要了思贝最爱吃的那款芝士蛋糕，一点一点，吃得很细。

后来毕先心情不好的时候，就总去那家店，在那块芝士蛋糕里静静享用他从生活里偷来的一小时。

然后有一天，几乎是预料中的，毕先遇到了思贝。

红着眼睛，脸上浮着五个手指印的王思贝坐在店里，吃蛋糕的样子还和当年一样心满意足。

那天的蛋糕是毕先买的单。当他在她对面坐下的时候，他们什么话也没有说。她没有问他还恨不恨她，他也没有问她家暴的事情，他们什么都没说，就是各自吃完各自那块蛋糕，多数时间静静看着对方。思贝从毕先坐下开始就不停流眼泪，一声不吭地流。后来毕先的眼圈也红了。

从蛋糕店出来以后，他们一言不发，各回各家。

那之后，一块芝士蛋糕的时间，成为毕先和思贝之间最隐秘的幸福。

虽然什么都没有发生，只是坐在一起，吃掉各自面前那一块小小的蛋糕。有时候说些话，更多的时候只是沉默，却好像幸福得拥有了全世界。

有时候，在生活的诸多不易里，想一想那一小块蛋糕的幸福，似乎全身也有了力量在这并不如人意的世界里心满意足地活下去。毕先是这么跟我描述的。

在火车车厢的交接处，行进时的咣咣响声伴着窗外掠过的风景。雪山白头，离草苍茫，而我面前的中年男人轻声说着他爱的人，眼神温柔，语调平和。我的眼里全是泪。

那天毕先下车后，我在我扔在卧铺上的外套下发现了一条拆开过少了两包的烟，是毕先抽的黄鹤楼。

我很少抽烟，于是回去后顺手给了郑丛。郑丛听了毕先的故事，叹了口气，他说："即使不能在一起，知道相爱也是好的。"

那个时候，我没有读懂郑丛那句话里洞若观火的悲伤。

我在别人的故事里感慨，忘了想想自己。

后来的一年里，毕先给我打过两三个电话，问声好，也提些他与思贝各自的近事，他非常喜欢聊他的女儿，声音听起来似乎是幸福的。

再之后，他有一段时间没了音讯。再冒出来的时候，毕先的声音很憔悴。他老马失蹄，因为一时大意信任熟人，一批货被骗，赔得血本无归。妻子成天和他吵架，有时也打骂女儿。他提过离婚，她却不肯同意，只是痛苦地同他纠缠着。

我分析他的妻子一定很爱他，毕先不置可否。

毕先在电话里犹豫了一会儿，然后告诉了我一个让我惊魂的消息。他几日前自杀，被女儿发现呼救，现在在医院里，已无大碍。

毕先说，事后在医院平静下来，看着靠着手边熟睡的女儿，心里很愧疚。他不是没失去过这世间的爱和依赖的人，如果他这样自私地走了，女儿怎么办呢？她的人生里有多少幸福是最爱她的爸爸带走的？他不敢想象。

思贝也去看过他。她只问他："你走了，谁带我去吃蛋糕呢？"

她同他说，很多时候觉得很累了，因为期待那一块蛋糕，又愿意笑着走下去。那正是毕先的感觉。思贝离开医院前对毕先说：“如果你实在想走，那就先走吧，在那边等等我。”

我劝了毕先几句，但我实在觉得我的劝说太无力。

我又想，他大概是不需要我相劝的。在他的前面，有一个需要在他爱里长大的女儿；在他的身后，又有着一个因为他的存在而获得力量认真生活的女人。

二〇一四年的这一天，我在春光里想起毕先。

在西安曲江新区开得漫街芬芳的紫花苦楝树下，看着爱人走来的中年男子笑得满眼温情。我不知道，我联系不上的毕先，是不是也在这样的春光里拥有着这样美好的幸福。

我猜想应该是的吧。毕先会好好的，他和他爱的人都会好好的。因为他们都是懂爱的人，人生即使只给他们一点点爱的微甜，也可以温柔地浸润他们柔软芬芳的心。

这世间不是所有深爱的人都有运气厮守在一起，可是因为这世界有你在，我就愿意更爱这世界一点点。

在看这个故事的人，我愿你比我更懂得爱情。所有人都要花费时间去成长，如果你尚且来得及，我希望你能成长得快一点，更快一点点，不要错过那个你愿意用尽余生去深爱的人。

最好的遗忘是记得

我们的青春血淋淋的，常常是因为我们要在爱里路过几个人渣，才能遇到天使。

这句话，是莫菲说的。

我的前同事黑熊是个中规中矩的老实男人。老实人其实最可怕，因为他们就像一座座不动声色的老房子，你不知道万一哪天失起火来就可见到燎原之势。依据这个道理，黑熊后来死心塌地爱上酒吧钢管舞舞娘也就不奇怪了。

爱上酒吧舞娘这件事情，不是一般人敢做的，连有“西安浪荡公子”之称的梁子也不敢。话说起来，这事还是全赖梁子。

黑熊有次失恋加被人撬单，感情事业双失意。那次的失恋是小事，相处不久，用情不深，只是琐事累积到一起，让黑熊情绪低落想法悲观。他的小兄弟梁子表达仗义的方式就是一连好几天下班后都准时在他办公桌前堵住他，把他拖到酒吧去玩。

就是在那家酒吧里，黑熊遇到了莫菲。

缘分是天定的事情，躲的时候躲不掉，索要的时候要不来，老天爷他老人家独断专行的性情从不会改。

酒吧中间是钢管舞台，炫目的彩灯一打，几个穿比基尼的舞娘上去把腰扭得像麻花。

莫菲和台上别的几个舞娘不一样，她的舞跳得很出色，身体软得像一把藤蔓，但她的神情却不同于舞伴们那清一色熟练的魅惑，而是冷冷的、怔怔地，游离在别处。这使得她同样暴露颇多的身体没有了那么多色情的味道，像冷静的月光白。这是黑熊的形容。

黑熊去上洗手间的路上碰见莫菲换好了衣服往外走，白 T 恤灰球鞋，卸了妆的脸干净得像个学生。黑熊鬼使神差上前问能不能请她喝杯酒，装成酒吧的老油子。她冷冷看了一眼，拨开他肩走了。

那天黑熊晚上回到家，还觉得肩上那轻轻一指尖的感觉还在。他其实想跟她说他像在哪儿见过她，不是出于搭讪，是真的似曾相识。但是在哪见过呢，他也不记得。

黑熊从刚开始无奈地被梁子拎去酒吧，到后来下班时主动过去等他，梁子笑坏了，说人这个东西，果然学好是矫正学坏是天分。

黑熊是去看莫菲的。他每天站在那儿看她对着大家扭来扭去，心里一直想，是在哪儿见过她呢？是在哪儿呢？黑熊觉得自己有病。

黑熊在看莫菲的时候，莫菲也看到了这个总是站在她面前不远的胖子，他沉默的表情和对她太过专注的神情与周围人格格不入。

黑熊第六次看莫菲演出，表演结束后两人又在酒吧后面那条通往卫生间和后台的通道里遇见。这次莫菲居然有心情停下来对他一笑。她说：“对不起，我不会喝酒。”顿了顿，她又说，“这是我最后一次表演了，以后不会来了。”

“哦，好。”黑熊傻呆呆地说，都忘了问她为什么。莫菲一边走过去一边回过头来自顾自地说：“我被分手了。”

她笑吟吟的神情，让黑熊以为自己听见的是她搬家了。

黑熊电光石火般地想起来是在哪儿见过她了。

那天晚上黑熊送莫菲回家。

黑熊先是拿着车钥匙领着莫菲走到酒吧门口的一辆银灰色越野车旁边，他掀起了后备厢，从里面拖出来一辆自行车。

“你等我一会儿，我去把钥匙还我朋友，他还在酒吧里玩。”黑熊说着，跑回了酒吧找梁子。

莫菲坐在黑熊的自行车后面，突然忍不住笑起来。起初她的笑是隐忍的，双肩抖动。黑熊在前面叹了口气，说我习惯每天骑车上班，每天骑回家，所以来酒吧也带来了，你想笑就笑吧。莫菲一下忍不住了，晃着腿哈哈哈地大笑起来。黑熊也跟着笑起来。两个人的笑声飘荡在西安深夜的街道上。

莫菲住的地方离黑熊家所在的小区只隔半站路。送到了，莫菲上了楼，黑熊在楼下等了会儿，想看灯亮起来后确定她安全到家后再往回走。

结果没有哪家的灯新亮起来，莫菲却拎了两包东西出来，见黑熊还在，表情又尴尬又庆幸，她问他：“你家方不方便我借宿？”

莫菲被赶出来了，被刚刚分手的前男友赶出了她自己租的房子。

莫菲在黑熊家住了一晚，莫菲刚开始不肯接受黑熊把床让给她，坚持要自己去客厅睡沙发。黑熊说：“你住卧室可以把门锁上。”

莫菲看着他，噗一下笑了，她说：“好。”

黑熊说：“你真爱笑。”

莫菲说：“是吗，这几年你是第一个这么说我的。”

莫菲在黑熊家住了一晚，第二天就出门找房去了。黑熊家所在的小区就有很多空房，但她不，偏跑到很远的地方租了一间。

黑熊想，或许是因为这里离她前男友太近，她太想甩掉过去了。

黑熊记得，他确实是见过莫菲的。有次他从家旁边的一个大型超市出来，在路上撞倒了一个女孩，女孩正哭得满面狼藉，也没有看路。黑熊扶她起来后，她问他有没有纸巾，黑熊就慌慌张张地从刚买的一兜东西里掏了盒纸巾给她。女孩说声谢谢，就抱着那盒纸巾一边哭一边抹脸地走了，样子又悲伤又滑稽。那天回去的路上，黑熊还在想，是什么人能让一个看起来那么干净而漂亮的女孩当街哭成那样，换了他一定舍不得。

那女孩就是莫菲。她已经不记得他了。悲伤的日子没有什么好记得的。

失恋的人很多，但失恋后这么快乐的人黑熊还是第一次见到。黑熊帮她拎着两大袋行李搬去新家，其实有一只是用粗糙的编织袋胡乱塞好的。被男友扫地出门，这对任何女生来说都是一种耻辱，但莫菲一路上都摇头晃脑地哼着歌，像刚刚得到假释的犯人。

莫菲挺穷。她租的房子很老，屋内墙皮掉得斑驳，莫菲用旧报纸糊了一圈。除了房东留下的一张床、一张桌子、一个坏了一扇门的衣柜，她什么家具也没有添。只去轻工市场买了个六十块钱的电饭锅，经常用来下面条吃。

她新认识的朋友黑熊看得很心疼，想借钱给她，莫菲不要，她笑眯眯地说："这样已经挺好了。"

黑熊对莫菲的心意莫菲看在眼里，他什么都还没说，她就主动开口婉拒了他。她说，她在上一段恋情里浪费的时间太长了，她很累，现在要尽情享受一个人的快乐单身生活，短时间内不会再恋爱了。

黑熊没有说什么，但他还是常去看莫菲。对黑熊来说，情感很简单，喜欢一个人的时候能看见她，就挺好的。

他们相处得像好朋友。

作为朋友，黑熊慢慢就知道了莫菲和她前男友的故事。

很多人青春里的爱情都像短片，是绚烂青春的小插曲，一曲完毕，留下淡淡影像，成为青春中的小纪念。莫菲的那一段爱情，却是伤筋动骨的，侵蚀了她整个青春。

莫菲的前男友是她的高中同学，他们尚在校园时就早恋了。男孩是美术生，画得一手好画，中学时很受女生欢迎。莫菲是个沉静的好学生，之前每次联考都在全年级排名前几，是老师眼里的好苗子。随着两人的早恋，莫菲控制不住自己分心，成绩一落千丈，后来为了能跟男孩在一起，选择来西安的一所大专院校上大学。

莫菲真正的错误是从毕业后开始。毕业后，两人租了间房子一起生活。莫菲在一所培训学校找了个前台咨询的工作，男友的工作却一直没找到，美术生专业对口的工作机会并不多，他又是一个骄傲的人。他坚信自己是个天才，只是还没被平凡的愚人们发现才能，只有画下去才会有前景，不能和别的同学一样对生活妥协，随便找份工作去谋生。

于是，在同学们都已投入工作的时候，他不是窝在家中画画，就是去转美术馆或在郊外写生。为了两个人的生活开销和男友的画画开支，莫菲一直很辛苦地工作，舍不得乱花一分钱，她的护肤品永远只是超市里的大宝和郁美净，但她一个月一千来块钱的工资明显入不敷出。

刚开始，男友很愧疚，他常常安慰她，自己有朝一日一定会出人头地，她所有的苦都不会白受，都会得到回报的。女孩要的不是回报，仅是这些暖心暖意的话语，已足够让莫菲甘之如饴。她继续毫无怨言地承担着两人的生计。

但随着长久的无人赏识和不尽人意，男友开始越来越愤世嫉俗，他的脾气开始变得古怪而暴躁。莫菲对他的要求稍有迟疑，他便疑心她和别人一样看不起她，对她进行打骂并叫她滚，事后又声泪俱下地求她原谅。

莫菲不止一次想过离开他，但每一次都做不到。那么多年的爱和付出，已经像习惯一样潜在她的身体里，她很难将它们拔除。她也不甘心，自己几乎用全部青春去守望的人，最终竟从生命中黯然而终。

后来，男孩越来越过分。当时莫菲所在的培训学校有一个孩子的父亲是一家私人画展机构的老板，他是单身父亲，一度追求过莫菲。莫菲的男友得知后，第一反应不是介意，而是欣喜，他逼迫莫菲去接近他，让他同意给自己办一次画展。所幸对方是个很好的人，莫菲一开口就理解了，在看了她男友的画后，虽然觉得画作平平，却依然给他安排了一次个人画展。那次画展自然没有引起任何反响，莫菲的男友觉得是对方把他当情敌没有大力宣传所致的失败，很愤懑。

不久后，因为两人实在缺钱，莫菲男友开始怂恿学过舞蹈的莫菲跟着视频自学钢管舞，然后去朋友的酒吧跳钢管舞挣钱。莫菲经不住他的软硬相逼，最终同意了。

不知从什么时候开始，莫菲发现，两个人的关系进入了死循环。男友开始越来越轻视她，那些他曾逼她去做的事情，后来都成了他嫌弃她的理由。他总怀疑她与别人有染，不相信一个在酒吧穿着比基尼跳钢管舞的女孩能干净到哪去。他开始像个双面人，好的时候温柔百倍，坏起来时变态地殴打和辱骂她，无数次赶她走，事后又哀求她留下。

莫菲在这段关系里身心俱疲。她越来越怀疑，她早已不爱他，让她留恋的，只是对曾经付出的一切的不甘。她开始清醒意识到，不忍清仓的坏情感，会成为一种恶性循环的累积。终于，最后一次，她拒绝了和好，暴怒的他很快收拾了她的东西扔出门外。那便是黑熊送她回家的那一晚。

知道了这些，黑熊便理解她为什么不肯租住在附近，并且搬家后立马换掉了电话号码。她在一段坏的情感里耗尽了七年青春，她不愿意再留下它的影子。现在的日子对莫菲来说，像一种宝贵的新生。

黑熊委婉地劝莫菲，像她前男友那种男人毕竟是极少数的，她不能因噎废食，她应该相信，像她这样的好女孩，以后一定会遇到一个真心待她的人，过上正常而幸福的生活。

莫菲嫣然一笑，她说她知道。她相信以后会遇到那样的人，但她现在只想让自己恢复得好一点。她知道自己现在的心态还不是足够健康的，它要在从一段低温的过去里慢慢恢复，如果她不先救赎自己，这世界上没有人能救赎她。

“如果我不先救赎自己，这世界上没有人能救赎我。”

黑熊觉得，莫菲真是一个聪慧而奇异的姑娘。他越了解她，就忍不住越喜欢她。

莫菲和前男友分手后，就再也没有去过酒吧。她一面做培训学校的工作，一面进行一所大学的函授本科学习。黑熊没有见过比她更努力且快乐的姑娘。

但那些被伤害过的经历，常常在一个人的生命里留下烙印。

有次莫菲家里的水管坏了，黑熊去帮她修理，两个人从五金店买了工具出来正往家走的时候，莫菲突然神色一变，拉着黑熊就转身往店里躲。等了几分钟，出来的时候，莫菲才告诉黑熊，刚看见她前男友走过去了。莫菲的神色就像见了鬼似的。

黑熊正准备安慰她，就看见不远处一个年轻男人走过来，神色阴郁地看着他们。

“这是你男朋友？”他一挑眉，问道。

莫菲没有回答，黑熊看到她脸色苍白，自作主张地把莫菲一只手握在掌心里，不客气地答：“是。你有什么事情？”

“没有。”男人古怪一笑，走了。

两天以后，黑熊就知道了为什么莫菲会那样惧怕她的前男友。

黑熊在上班的时候，QQ 邮箱突然跳出收到邮件的消息。黑熊打开一看，邮件居然是莫菲前男友写来的。他应该是从莫菲 QQ 空间里找出黑熊的 QQ 号，黑熊的 QQ 头像是自己的大头照。

他在邮件里义正词严地向黑熊说明莫菲是一个多么不值得爱的女生，其中包括她曾是酒吧钢管舞舞娘，以及曾与某画展机构老板关系暧昧等，信末还特地申明，莫菲和他分手是因为被他扫地出门，他再也不能容忍这样的一个女人。

她曾经的付出，都成为他攻击她的把柄。

黑熊很想回信羞辱他，但想了想，只是把邮件删了。黑熊觉得一个男人活到这般无耻的地步，是不值得他引以为敌的。

这封信，黑熊对莫菲只字未提。

后来，类似的信黑熊又收到了几次，每一次收到，他就更忍不住对莫菲倍生怜惜。

黑熊做了莫菲两年的好朋友，这两年，他看着莫菲像一株拔节生长的植物一样，她珍惜着自己每一个站在阳光下的自由日子，努力地工作学习和生活。

黑熊默默地想，这女孩不知道自己是一颗多么明净的宝石，她那样用力地擦拭自己，不知道自己在人群里已是多么熠熠发亮。

这两年，莫菲拿到了本科文凭，从学校的前台做到培训老师，攒下工资买了一间单身小公寓，虽然只有三十几平方米且首付百分之三十，还要等两年才交房，但已足够让她欣喜。对别人来说，她的这一切或许都很普通。但对了解莫菲旧日的人来说，这能在阳光下奋力生长的日子于她是多珍贵。

最重要的是，她每天过得比别的女孩更费力气，却比身边任何一个女孩对日子都更加心存感恩、心满意足。

虽然，她还是不敢轻易投入情感，但她却在黑熊心里不断加分，变成越来越值得他去等的女孩。

在莫菲从代课老师转正为正式老师的那一天，她兴高采烈地请黑熊下班以后一起去吃自助餐。

在那家自助餐厅，他们又遇到了莫菲的前男友。他站在他们前方望着他们。

莫菲愣了一下，但已不像上次那样惊惶。她轻轻拉拉黑熊的衣角，说：

“我们走吧。”

黑熊伸手就揽住了莫菲的肩，他带着她向那男人走过去。黑熊一边走，一边小声对莫菲说：“有我在，你别怕。”

他们站在他面前。黑熊开口说话了。

黑熊说：“你好，我们还没正式介绍过对不对？我是莫菲的男朋友。她跟我说过你们的事情。无论如何，我都应该感谢你，毕竟你曾是她的一段经历，正是她所经历的一切让她变得如此优秀，成为我最爱的人，我很庆幸自己能拥有这样好的一个女孩。我想，作为一个正常人，你心里大概会对她怀有一点愧疚，不过你完全无须愧疚，那些无非是过去的事情。莫菲是善良的女孩，早已原谅了你，那些过去的小事不值一提，谁的青春不会路过几个人渣呢？还有就是，我想劝你有空的时候看点书，你写的信里错别字实在是太多了。”

那男人的脸上刚现出恼怒，黑熊的一拳已经迎面而上。这是黑熊童年以后第一次出手打人，那一拳干脆利落。出人意料地，那男人连还击都没有，爬起来就跑了。

黑熊扶住莫菲的肩，看着她的眼睛。他告诉她：“过去没什么了不起，他不过是你的一场路过，如果你选择勇敢，就没有人能伤害你。不要躲避，最好的遗忘是记得。”

那大概是老实人黑熊最酷的一天，酷得莫菲当时抱住他眼泪就流下来了。

这些事情，黑熊没有告诉过我们，全是他的太太莫菲后来告诉我们的。在她眼里，她的丈夫黑熊，也就是吴家骏先生，是这世界上最值得去爱的一个男人。

吴太太说，和黑熊在一起以后，她愈发相信一个道理：爱情是这世上最珍贵的礼物，不管你曾经历多坏的人和事，只要你还相信爱情，总会遇到那个对的人。

她还特别愿意告诉她的朋友：无论陷入多坏的情感，都要勇于去清仓，只有告别错的人，才有可能遇见对的那一个。无须憎恨，因为我们的精力要用来前行，最有力量的遗忘便是记得。只有记得曾经的黯淡和悲伤，才更具勇气去追寻和护卫当下的美好。

我觉得莫菲小姐是个情感哲学家。而这样通透明净的姑娘，完全配得上这世界最拿得出手的幸福，对不对？

缘分的岔路口太多，我们常常就不小心迷失了彼此，只有爱能让我们再次重逢。

相爱的手指总会相扣

朋友聚会里最有风险的事情是挑头找话题。

林深鸟飞乱，一堆人里，随便扔个什么话题出来都可能砸伤某颗脆弱的心。聊车和房吧，长年开辆破奥拓租住在经济适用房里的朝辉肯定一甩他的非主流小辫，不屑地赠你两个字：庸俗；聊出国吧，一不小心就伤了张宝钟那颗长情的小心脏；聊骗子吧，当着沈青多少让人觉得自己有点没眼力；聊拼爹吧，简直是集体公愤。

那天我无意中找了个话题，和大家八卦一下身边朋友都是哪些花样被甩，然后我就发现喻杭的眼神幽怨地想让我剖腹自杀。

“还能不能聊了？大家还能不能愉快做朋友了？”喻杭大声吼道。

大家都知道，喻杭被分手，他是他们家最后一个知情者。

他女友叶菲菲直接去他家把他妈给的见面礼还了回去，向他妈委婉地传达了一下他俩已经分手了。

喻杭那时候正走在下班后去接叶菲菲的路上，打算接她一起去看场电影，结果半路就接到了他妈电话。

喻杭回到家的时候，他那素来脆弱的妈已经在一堆阿姨舅舅等亲友的陪伴下捏着手帕纸抽泣了。

喻杭的分手，问题正出在他妈身上。

喻杭幼年丧父，全靠他妈一手把他拉扯大。喻杭在朋友里是出了名的孝顺，他妈指东绝不向西。以前还单身的时候，人家每每问喻杭以后找女朋友想找个啥样的，喻杭便想也不想就答："能跟我一块孝顺我妈的。"

后来喻杭和叶菲菲好上了，大家就纷纷说，叶菲菲这个儿媳妇可不好当。

果然。

两人在外头吃饭，事先喻杭和他妈打过招呼，吃到一半，老太太电话打来，说忘了他们在外吃饭把饭菜做好了，喻杭说已经吃开了，他妈在电话那头声音瞬间哽咽，说自己小火煨汤煨了一下午了，又买了他们最爱吃的菜。两人没辙，扔下吃到一半的饭菜，结账回家重吃；小情侣饭后想去看个当天上映的影片，喻杭妈一听看电影三个字，乐滋滋地扔下碗筷就去换衣服了，两人准备出门的时候，老太太乐呵呵地挽着儿子手臂就跟出来了，一边走一边说俩孩子真孝顺带老妈看电影；两人周末去逛商场，老太太一听也要去，那就一起去吧，在商场，叶菲菲看上了一双八厘米高跟鞋，喻杭个子不高，他妈一见叶菲菲蹬上那双鞋要比儿子高出一截，怎么也不同意，在旁边一直念叨，说鞋不好看，叶菲菲穿上傻高傻高的，不像自己这种小巧玲珑的身材（喻杭妈身高一米五二），当着售货员来回念叨七八遍，把叶菲菲气得脸都青了……

大家背地里分析，喻杭他妈青年丧夫，一人拉扯喻杭不易，占有欲强烈，再加上本身个性有些傲娇，总之一个结论：可以理解。大家说得很轻松，因为谁也不是叶菲菲。

叶菲菲是个好脾气的姑娘，加上喻杭确实掏心掏肺对她好，两人还是一路携手走到了谈婚论嫁。

两人买了套婚房，准备装修了。喻杭妈自告奋勇去帮他们督工。

装修是个麻烦事，没有能一步到位的。大热天，叶菲菲看着喻妈一中年人顶着大太阳去装修市场给工人们买这补那，十分辛苦，心里挺感动的。谁会知道，最后就是装修问题，成了压倒她和喻杭爱情关系的最后一根稻草。

喻杭对装修没兴趣，什么都让叶菲菲作主，让她只管按自己喜欢的样子装。叶菲菲策划来策划去，草图画了一堆，最后房子装成了四不像，因为中间站了个喻杭妈。

叶菲菲喜欢简洁的欧式风格，打算家里就装成蓝白两色。家里四扇房门，叶菲菲清一色选的纯白实木门，在店里刚选好还没来得及提货就被单位领导叫去加班了，喻杭他妈笑得满脸慈祥，说道："你去你去，这有我呢。"

叶菲菲前脚刚走，喻杭他妈后脚就作主在店里把门换了，换回四扇花团锦簇的门。喻杭妈还觉得占不着便宜就算吃亏，非不要一个花色，把人家店里四个花色的门各要了一扇。叶菲菲隔天去看房子的时候，只见家里四扇门从葡萄初蕾到牡丹怒放到莲蓬饱满再到海棠滚滚，应有尽有。客厅一片春意盎然，欣欣向荣的景象。叶菲菲默默站了半天才回过神来，她觉得自己眼睛都要疼瞎了。

家里的地砖也是，叶菲菲选好的清一色浅蓝地砖，回头喻杭妈都偷偷给她换成了红黄蓝三个不同花色的款，把家里的阳台卫生间拼得一片绚烂。喻杭妈觉得，反正一样多的钱，能多看几种样子才不腻。

更别提家里那些细碎的小东西了，新房里每个房间的窗帘颜色都是不一样的，屋里的吊灯也绝没有两盏是相同的……但它们都有一个共同的特点，那就是一定要有花，开得越接地气越喜庆越好，各种各样的花。

每个来观摩他们家新房的朋友最后都捧着手里那杯热茶，顾左右而言他。

因为喻杭妈，叶菲菲和喻杭没少吵架。叶菲菲是个软脸的人，觉得对方毕竟是个长辈，当面不好意思说一句硬话，那口气却一直憋在嗓子里咽不下去，回头越想越生气，每每要找喻杭来顶雷。

喻杭觉得自己很委屈，他妈要这样，他一个当儿子的有什么办法？他每每这样作答，叶菲菲心里的怒气就更上扬几分。从装修事件开始，两人争吵的频率日渐增长。

其实喻杭也觉得自己妈不对，有些事情做得挺过分。但怎么说也是他妈，况且对叶菲菲也没什么坏心眼，喻杭不忍跟自己妈说重话，怕她听了不高兴。

还有一个重要的原因，就是喻杭妈虽然年纪大，脾性却越老越娇，谁要说她一句不好，当面就把脸吊下来，更别说是她儿子喻杭了。当初装修换门的事，喻杭说了她一句不应该，他妈马上一屁股坐客厅地上就哭起来了，哭诉喻杭是嫌她老了，不中用碍事了。喻杭焦头烂额哄了她半天才好。喻杭当时就认识到了，比起女友，他妈绝对是他更惹不起的。

从那以后，喻杭不管他妈干了什么，也绝对不愿意再去说他妈了，而对叶菲菲，则每次甜言蜜语地哄劝，哄过去一次算一次。

叶菲菲经不住甜言蜜语，一看喻杭又卖乖又可怜的样子，也就有火发不出来了。所有的事情到后来都没有解决，最后都是按照喻杭妈的意思来。三人住在新房里，她的影子投在两个年轻人的世界里，侵蚀的范围越来越大，终于触到叶菲菲底线，下定决心要分手。

于是，就有了开头的那一幕。

叶菲菲觉得，反正喻杭你什么都不管，什么都听你妈的，是个没断奶的娃，那分手的事我就通知你妈一声就可以了。叶菲菲这么做，无疑是向喻杭出那一口长期来憋着的气。

喻杭求和无门，整日萎靡不振，那阵下班后经常和朋友们去喝酒，喝完了抹抹嘴装成什么事都没有的回家见他妈。

叶菲菲不，跟松了口气似的，快快乐乐和闺蜜逛街聚会，一口气买了五双高跟鞋，周一到周五上班换着穿。

喻杭听说了，目光黯然，说："也好。她高兴就好。"

叶菲菲快快乐乐地过了十天半个月，就忍不住问大刘，喻杭现在怎么样了。大刘自然是趁机把喻杭的深情和悲惨重墨渲染了一番，听得叶菲菲双目发红。

叶菲菲一走，大刘就赶紧给喻杭打电话告诉他有戏。

喻杭再度出击，但依然被拒。叶菲菲特别理性地告诉他，她寻思来寻思去，觉得自己还是受不了他妈，不适合成为他们家的一员。话说到这一步，喻杭也拿不出解决方案，他总不能以后不管自己的妈。

喻杭看了叶菲菲好一会儿，像要把她的眉眼都描下来记在心上。然后他点点头，一言不发往回走。

十几站路，喻杭那天一步步慢慢走回去，眼泪掉在夏天的柏油路上，一瞬间就不见了。

叶菲菲刚走的那阵，喻杭妈成天喊喻杭去把叶菲菲追回来，说叶菲菲是个好女孩，有时说着说着就声泪俱下。偶尔他妈也自责几声，说自己不该去换了叶菲菲选的门什么的，说几句，总忍不住抬头问喻杭："这门真的不好看吗？开得多好的花！"

泪眼蒙眬背后的眼神像小孩一样。喻杭对着他妈一点办法也没有。

后来见提到叶菲菲的时候喻杭越来越沉默，眼神忧伤，他妈也就不怎么提了。只是经常长吁短叹。吃饭的时候，乘凉的时候，两个人安静看电视的时候，他妈突然叹息一声，叹得喻杭心上好不悲凉。

有天喻杭妈焖了个苦瓜炖排骨，出锅的时候无意间问了喻杭一句："叶菲菲下班快到家了吧？"

叶菲菲最爱喝这汤了，喻杭妈会焖这汤还是跟叶菲菲学的。话一出口，两人都不说话了。

那时他们分手已经一年了，叶菲菲应该有新男友了吧，喻杭想。

两个月后的一个周五，喻杭下班回到家，突然发现他妈做了一桌菜，几乎都是叶菲菲爱吃的。他妈喜气洋洋地说，叶菲菲回家来吃饭，早上给她打过电话了。喻杭本来觉得和叶菲菲已经是过去式了，但那时候他的心还是很快地跳了几拍。

那天喻杭和他妈守着一桌菜等到晚上十一点，仍不见叶菲菲身影。晚上躺在床上，喻杭怎么也睡不着，半夜一点拿起手机给叶菲菲发了条短信：你觉得这样戏弄老人有意思吗？

第二天叶菲菲一头雾水地打电话过来，说分手后根本没联系过他妈。喻杭偷偷去翻他妈手机，果然没有叶菲菲的电话记录。

喻杭发现他妈古怪的地方越来越多。

有天吃饭的时候，喻杭妈在桌上摆了三副碗筷，喻杭问有谁要来，他妈一边上菜一边埋怨他："傻孩子，你爸快下班了啊！"

喻杭他爸去世已经二十多年了。

朋友来吃饭，喻杭特地去买了块三文鱼肉回来吃生鱼片，鱼片上桌后分量少很多，当朋友面喻杭不好意思问他妈怎么回事，事后就给忘了。几天后家里总闻见莫名其妙的恶臭，喻杭翻来找去，最后在橱柜角发现了一盘长了蛆的三文鱼片。喻杭他妈特别委屈地说："不是想着叶菲菲爱吃这个嘛，就给她留了点，本想等客人走了以后放到冰箱里，给忘记了。"

又有一天，喻杭早上上班的时候，他妈不知从哪翻出了一个斜挎的解放包，要跟他一起出门。喻杭问她去干什么，她妈说："去上学啊。爸，你快点，别又让我迟到了，老师要罚我的。"

喻杭本以为老年痴呆是年纪很大的时候才会得的病，怎么也得七八十岁吧，他不敢相信他妈这么早就成了传说中的老糊涂。但现实摆在眼前，喻杭知道他妈开始不认识人了，这程度已经不能不看医生了。

那天喻杭也没上班，请了假把他妈带到医院，一诊断，果不其然，阿尔茨海默病。医生说："这病情是慢慢发展的，早就应该发现苗头了，这个时候才发现病情，你这儿子很粗心啊！"

喻杭当下很愧疚。

喻杭要上班，没有足够的精力照顾他妈，又不愿意把他妈送进疗养院，便请了个保姆在家照顾她。

大刘跟喻杭说，他妈之前办的那些事估计也跟这病有关吧，肯定不是成心的。听说叶菲菲现在还是一个人，要不把他妈的事向叶菲菲解释一下，叶菲菲是个讲道理的姑娘，会理解的，他俩没准还能走一块。

喻杭摇摇头说，他妈现在得了这病，以后当他们家媳妇就更辛苦了，叶菲菲试过了，不好受，不要叫人家再回头遭罪了。

大刘不管，回头还是让沈青私下告诉了叶菲菲。叶菲菲听后一言不发。

喻杭妈走丢的那天，是我们见过喻杭最狼狈的一天。

喻杭上班时接到保姆电话。保姆见老太太睡着了，就出门在小区门口买个菜，回来就找不着人了，在小区找了好几圈也不见身影。喻杭一听就急了，当下就从办公室跑回了家，在周围疯找。

大刘在电台上班，接到喻杭电话马上在台里帮他播了条寻人启事，然后给我们一一打了电话，大家分派了路线都跑出去帮着找人。

我负责喻杭家附近的大雁塔一带，从四个广场到不夜城跑了十几个来回，南广场几个热心的大爷大妈也帮着我问，从上午找到傍晚，都没见着人。

后来沈青打电话来，说人找着了，喻杭自己找着的，在南门旁边的护城河边。老太太不肯回家，现在正跟喻杭在那里僵持着。

我们都往那赶。到了的时候，见老太太坐在河边一棵歪脖子树下，不让人靠近。喻杭在离她两米外的地方，皮鞋上全是泥，满面汗水和着灰尘的痕迹，一脸无奈。

老太太坐的地方太危险，稍微一个动作就可能会滑下护城河，谁也不敢鲁莽采取措施。老太太一个人絮絮叨叨地在那对喻杭说："哥啊，我不走。我不认识他们，你让他们别过来，我害怕。我等咱爸来接我，他给我带麦芽糖咧！"

大伙看着喻杭急得嘴角起泡的样子，谁也不敢笑。又看着老太太坐在那实在太危险，大伙心都揪着，这个年纪的老太太掉进水里可不是闹着玩的。

期间，沈青跑一边接了个电话，回头跟我小声嘀咕道："是叶菲菲，她听到广播，刚打电话过来问。"

就在大家一筹莫展的时候，老太太突然自己爬起来，乐呵呵地就向我们走来。大家愣了一下，赶紧上前去。老太太径直拨开我们，向我们身后招呼开了："闺女，你来啦！"

大家回头一看，是叶菲菲。大伙都愣了，尤其是喻杭。

老太太已经笑眯眯地把叶菲菲的手拉进了手心里，道："走，闺女，咱们回家，妈给你做好吃的。"

叶菲菲眼眶湿湿的，柔声答："好，妈，咱们回家。"

大刘轻轻用胳膊肘杵了杵喻杭，小声说："你说，你妈是真糊涂还是假糊涂？"

沈青与我对视一眼，眼神很唏嘘。

聚会时话题真难找，总有个话题击中了谁的心。

幸好叶菲菲回归了我们，活泼的她总能带来许多欢乐。叶菲菲现在最爱说的段子全是关于她婆婆的。

老太太清醒的时候还是那么有主见，爱拿主意。喻杭每次都说好，然后抱着叶菲菲小声说："老婆，妈一会儿就不记得了，咱们还照你说的来。"

叶菲菲有时会警告喻杭："就这样糊弄你妈啊！我老了你还不得糊弄我！"

曾经让她气得不轻的老太太现在是她最爱的人之一，喻杭要是不孝顺，叶菲菲都不肯饶他。

老太太糊涂的时候越来越多。糊涂的时候，她有时记不得喻杭，会把他当成家里别的亲人。但每一次，不知道为什么，她都会以为叶菲菲是她的女儿，叶菲菲一哄她就乖。

不管糊涂还是清醒的时候，老太太都很爱他们俩。

叶菲菲神色生动地给大家讲着她婆婆那些好笑又可爱的故事，喻杭在身边也忍不住和大家一起笑起来。他的一只手握着叶菲菲，十指相扣，像平常一样，一直都不曾放开。

缘分的分岔路口，我们常常失散彼此。如果说有什么能够让走散的人回到原地，我想，那一定是他们从未放下过相爱。

我们都很喜欢跑去喻杭家玩。虽然那个花团锦簇的家，每次推开门时都让我们有点适应不了那红绿招摇的强烈视觉冲击，但多看几次，还是蛮温馨的。

我们都是完好的样子

女人一点不作怪，多少是有点奇怪的。

我早些时候曾在广告公司工作过，那时候有个女同事叫解冰，就是我见过最不作的女人。她有一说一，有二说二，条理清晰。能不多嘴的事她绝不废话，想得通答案的事从来不爱深究。

她和她老公也很少有红脸的时候，解冰不像别的女人那么难伺候，很少有鸡毛蒜皮不爽的事情，实在有什么不爽，也就耿直地问了。

有次我和她逛街，我们亲眼看到她老公和一个女孩在西餐厅谈笑风生。一般女人见这画面多少有些尴尬，要么转身气跑，待老公回家后来场暴风雨的洗礼；要么当场发飙给众人免费上演一出好戏，总之各种版本的琼瑶女主角和女英杰都有。

只见解冰，眼也不眨地大大方方走过去打个招呼，问她老公，这位是谁啊。她老公站起来，信手挽过她肩，也大大方方介绍，这是某公司负责人某某，这是我妻子。

一点小误会，就这么波澜不惊地化解了。

这也就是解冰，在情感里不肯装聋扮哑从不作死的解冰。一个女人理性自律到这个地步，简直是丧失天良地雌雄同体。

但公司里那几个曾和解冰一起在沈阳分公司待过的元老级同事们总说，解冰这个地道的东北妞，以前脾气比谁都爆。

有多爆？我们不知道。那几个同事也讳莫如深。

有一回我和解冰一块到沈阳出差。

那是我第一次到东北，本以为要跟着曾经在沈阳待过好几年的解冰享尽当地美食，谁知道只是每天跑客户跑客户，累得筋骨像散了架，有天半夜还被她带出门去给死人烧纸。

那天累得跟狗一样的我耷拉着肩陪解冰走了很远来到一条马路边，在十字路口，解冰开始捻散那些冥币、黄表纸还有各色纸糊的摩托车越野车苹果手机。我探头一看，竟然还有360体感游戏机，冥界商机真是与时俱进。

解冰说："只有十字路口是通阴阳的，烧在十字路口的钱才能被那边的人收到。"

我就问她："烧给谁。"

解冰说："一个死鬼。"顿了顿，又说，"我以前的男朋友。"

十字路口，路灯明晃晃的，没几个路人。火舌在地上舔出一堆灰蝴蝶，风一吹，打着卷向高处飞。

东北姑娘解冰高颧骨的脸在漫空灰烬里显出一些冷清，唇上艳丽的口红颜色也压不住那抹冷清，整个人有种明艳的哀伤。

我看着她，心里突然噤了声。

和那男孩在一起的时候，解冰还年轻。

两个二十出头的年轻人，脾气一个比一个臭。两人在一起，生活的重要内容就是吵架，和别人吵，和对方吵，急眼了也有动手的时候。

两人压马路时在街边小贩手里买圣女果，解冰嫌人家缺斤少两实属欺人智商，吵到动手。不想附近练摊的三个小贩都是同村相约出来的，一起扑过来，小情侣俩绝不示弱，双双操起扁担秤杆，打到双方皮肉破损红嘟嘟的果子滚了一地。等到两人雄赳赳走在回家的路上时，才想起来圣女果一个没吃着。

男友也不是省油的灯，新找的工作，上班第二个月碰到个难缠的客户，对方说话不中听，他忍无可忍直接打得对方头顶椅子奔出去两条街。那个月两人穷得只能吃方便面，一点微薄积蓄全给人赔了医药费。解冰一边吃拉面一边拍着他肩膀说："那一砖拍得好，今年上市的新口味咱都吃全了。"

两人之间也吵架，为的都是男男女女间的琐碎小事。

有女孩给他发了条不清不楚的短信；有男孩追求她；他在街上多看了几眼美女；她对朋友里某个帅哥笑得太甜。

为他下班回来路上不肯绕道去为她买一碗桂花小汤圆；为她连着很多天睡前忘记给他晚安吻；为他带她见朋友时没有揽住她的肩；为她碰见前男友时匆忙别过没有介绍他是男朋友。

不管什么样的事，他们最后总是能扯到爱和不爱的问题上来。扯来扯去扯不清，最后就是武力升级。

解冰是不可能挨打的，男友从来就不打女人。那么就是解冰痛打他，拳打脚踢，踢完又后悔，和好以后就摸着他身上的淤青掉眼泪。

他倒反过来安慰解冰："有什么要紧的，几天就好了，老子又不穿比基尼。你亏得没打老子脸，打老子脸老子就跟你拼命。"

解冰从来没打过他的脸，所以也不知道他是不是真会跟她拼命。他后来去了地底下，一个人躺在那儿，白天黑，晚上也黑，早就没命跟她拼了。

吵得最厉害的一次，不记得是为了什么，只记得也是琐碎小事。

解冰怒起来就容易绝望，那天她爬到了窗外的空调机上。她指着男友，撕心裂肺地指证他不爱她，逼他承认。

其实他如果真的承认不爱她对她有什么好？她不知道。他若不爱她她才会真的陷入绝望。解冰想不通那时候的自己，回忆起来她觉得自己那时就是个神经病。其实青春里的爱大多都是神经质的。

见解冰怎么劝也不下来，男友转身就进了屋，解冰那刹那心如死灰。

但她马上就看见隔壁房间窗户里探出来颗毛茸茸的头。她男友就像个长臂猿一样，唆唆几下就灵活地爬到了她旁边的空调机上。他跟她一高一低隔空坐着，眼神嚣张地看着她。

解冰本来只有一点恐惧，看到他像只大青蛙一样蹲在她头顶斜上方，脸唰一下就白了。解冰的体重不到一百斤，男友的体重有一百三十多斤。

“你啊，赶紧下去，下去！”解冰喊道。

他们的房东不知道什么时候在楼下站着了，旁边还有几个邻居，都惶恐地看着他们，吆喝他们快下来。

解冰男友蹲着的那个空调架就在那时松了一下，“咯”的一声响，两个二愣子闻声，吓得飞快蹿下去，攀着窗口跳进房间。

这天他们就被房东赶出去了，不肯再把房子租给他们。于是七月的大日头底下，两人一边啃冰棍一边手拉手找新房子，走在沈阳的大街上咒天咒地。

他叫什么名字？解冰说不出口。

他走了以后，他的名字就变成了她心上最短的咒语，每一次提及，都揪心刺骨。连血带肉地疼。

在一起的时候，解冰就很少叫他名字。猪头，二货，哈尼，亲爱的，解冰想起啥叫啥，全凭心情。名字能代表什么呢？那时候的她想。名字不过是一个称呼。她如果爱这个人，他明日换了称呼，叫狗剩叫猪蛋她都会爱他。

她跟他说话也从不客气。“滚”“爬”“王八犊子”，说得最多的是口头禅——你去死。

那些词没有意义，对解冰来说不过就是语气助词。吼了他滚，反正滚了马上还会滚回来。骂他王八犊子他也不会真变了形给她看。至于去死，谁在意呢？他们还那么年轻，还有那么多日子要过，死是多么遥远的词。只有真的临近死亡的人才避讳说死，就像没有谁会蠢到跟老年人开玩笑说你去死。她那么年轻，才会以为自己配得上把死挂在嘴边。

他也粗鲁地唤她，有时候。他用很亲昵的语气叫她小坏蛋，她听多了，也就懒得生气，反正她只是他一个人的小坏蛋。

但他从不和她一样说你去死，问他为什么，他说不喜欢。她那样骂他，他也不生气，随她去。

解冰也是很久以后才明白，她那时在他的爱里作天作地，不过是吃准了他爱她。

你去死。这是解冰的口头禅。口头禅而已，说得多了，她都不会去联想这句话的意义。

反正她从小到大都是这样骂人的，好朋友、他，都是自己亲近的人，反正也没有人会因为这个短句子真的去死。

有次他们吵架，男友气不过，夺门而出。解冰气得在身后随手捡了只他的拖鞋向他的身影投过去。

“你去死！”解冰骂道。

不到一小时，解冰就接到他的电话，陌生人拿他手机打的，叫她去医院。他冲出家门没几条街，就被车撞了，在医院急救。

那天解冰在手术室外哭得声音都哑了。后来他脱离了生命危险，她坐在他的床边，凝视着他在麻醉药力下尚未苏醒的脸。她在心里发誓以后再也不跟他说你去死。

死，是多么可怕的字眼！她怎么舍得咒他！

那次他卧床两个多月才康复，她贴心地服侍他，那是他们在一起时最温柔的两个月。她觉得，原来两个人谈恋爱不暴粗口、不互相戏谑竟然也能好好相处，举案齐眉。

结果他好了以后两个人还是吵架。

吵了打，打了哭，哭得抱成一团和好。吵吵打打，但从没人提过分手。不分手，这大概是两个人不约而同地底线。

他们青春的爱情，线条紊乱，热血淋漓。

后来她还是忍不住对他喊你去死。依然只是个语气助词。

然后那天他扔下她，冲出去，跑向马路对面。

像从前的每次争吵一样，她知道他不过又是去找某个死党，一起喝几杯酒打几局台球，然后晚上偷偷摸摸回家，抱着在床上装睡的她，小声说老婆我又死回来了。

那天他冲出去。冲出去。像很多次吵架时一样。

马路对面近在咫尺。

“呯！”

她亲眼送他离开这个世界。那天她跪在马路上摁住他流血的伤口，摁住这里，血继续从那里冒出来，他像一个浑身是洞的破麻袋，漏得她的世界漆黑无光，全是绝望。

灵堂上他父母不肯让她祭拜，他妈扑上去扇她耳光。她就跪在大门口，浮肿着脸天昏地暗地哭。

那以后，很长一段的日子里，她每天都在回忆和他在一起的日子，根本停不下来。她的脑子变成了一台永动机，在梦里也不肯停回忆。他给过她的所有好，后来都变成这个世界对她的残忍。

解冰后来问过自己很多次，为什么要对他说去死？为什么死的那个不是自己？

黑夜是她一个人的，空气里从来没有一个声音冒出来回答她。

这世界哪有那么多为什么。谁知道老天哪来那么多玩笑。

他离开后的第六年，解冰才又开始交新的男友。她认识了现在的老公。

她老公很沉稳很理智，向她表白的时候就是这样说的：“我很喜欢你，你应该知道了，你喜欢我吗？如果你愿意请和我在一起，如果你不喜欢我，我很抱歉这段时间打扰你。”

解冰看了他一会儿，点了点头。

刚和她老公在一起的那几年，解冰常常想起那个离开的人。

那时候，他追她，成天没脸没皮地骑辆破摩托跟在她后头，半条街上都是他那辆破摩托咣当咣当的挡板晃荡声。他“美女美女”地叫她，没完没了。美女你要不要搭车？美女你去哪？美女你吃饭没有？哎！美女走慢点，你男朋友掉了。解冰有时在回忆里笑起来，笑着笑着就哭了。

她老公不会这样。她老公是多么正经的一个人啊，衬衣笔挺，性情温良，嘴里从没吐过脏字，他身上的良好家教让人不好意思放肆。他叫她小名，温温柔柔地。

“冰冰，这个你喜欢吗？”

“冰冰，你想吃点什么？”

“冰冰，你看这样好吗？”

在他之后，她是被温柔珍爱的乖女孩。

她也伸出双手温柔地捧住她老公的脸，看他黑褐色的眼眸。

她也闭上眼睛吻她老公的唇，吻里都是淡淡胡须水的味道。

她也在疲惫的时候抱住她老公，把头埋在他胸前。

她也在晚上做梦醒来的时候把自己塞进老公的怀里，两个人沉沉睡去像两把汤匙。

像从前和他在一起的那样。那么多个白天和黑夜。

但是，是什么变得不同了呢？

她和他曾经的生活，后来总像隔了一层面纱。她的爱和依恋，对这个世界的感知，都被时间打磨到不再清晰。

唯一的一次失控，是刚生完孩子不久。

那时她有轻微的产后抑郁症。有天和老公争执了几句，她突然不能克制自己，猛冲到阳台上，轻车熟路地爬到阳台外面的空调挂机上。

她盘坐在那，对着老公大喊大叫。她意识恍惚，喊了什么其实自己并不清楚。她只是觉得很悲伤，需要释放。

她泪如雨下，泪眼模糊，完全看不清她老公的面容。

只是很短暂的时间，她的意识即刻清醒过来。她抹干眼泪，看着她老公焦急苍白的面容。他站在那对她伸出双手，求她冷静下来，立刻回来。

他敞开一个怀抱给她，在那里，她的彼岸。她若上岸，自有满怀暖意如春，她若下坠，他为她掬两把成年人的热泪，那是成年人的情意。

她突然觉得自己很无聊，无聊到可耻，无聊到索然无趣。

她爬下去，小心地扶着墙跳进阳台，去房间里给孩子喂奶，她刚满月的宝宝因为醒来时的饥饿感正在号啕大哭。

解冰是这样说的。那天她跳下去，路过她的老公，去给房间里嘤嘤哭泣的儿子喂奶。看着儿子拱着小小身子在她怀里急匆匆寻找和吮吸开来，露出一脸心满意足的样子，她在那时察觉到了人生的凄凉，也感觉到了生命带来的莫大欢欣和幸福。

还要怎么样呢？上天已经给了她那么多，那么多。

生命里总会有人来教你成长，虽然不是所有代价你都甘心承受。他走了，她还是幸福的。她的生活和这世间很多的女人一样，老公、孩子、快乐和烦恼、热闹和冷清，全部都到场，没有什么缺席。她的人生和这世间绝大多数人一样，是不被亏欠的标配。

那么还有谁，甘愿念念不忘心上永远缺憾的那一角？即便无须提醒，即便无从遗忘。

东北的夜那么凉。十字路口飞舞的黄表纸灰烬里，那个东北姑娘的脸，明艳里沉着的哀伤。

她后来再也不会在爱里作天作地，她所有作的血液都在一场爱里流淌耗尽；她后来会劝身边的女孩，不要在爱里作死，爱如果在那里的话它就在那里，不需要你作死来证明，爱是越证明越少的东西。她后来是幸福的解冰，是公司里每个年轻姑娘都敬爱的稳而静的解冰姐姐。

我们每日走在大街之上，都会遇见那么多比肩而过的陌生面孔，我以前常常想，在那么多的平淡无奇里，谁也不知道他们背后曾经历了怎样的故事。在路过解冰的故事、目睹过解冰那一晚的软弱之后，我开始明白，原来，每个人都是一本曾被命运粗略对待的书，即使被无情揉捻撕裂，也终会努力舒展封面，假装成完好的样子。

我们受伤、平复，最后还都感激时间，是它容许我们一点点捡拾自己，宛如无缺。

爱就像一盘热菜，是趁时享用的东西。

爱时且用尽气力，不爱请挥手作别

有个吃货朋友的签名是，想吃什么多吃点，不要等到老了咬不动。每次打开 QQ，看到他的签名心总是轻轻一沉。他的头像是灰色的，很久都没亮起过，以后也不会亮。他在几年前的车祸里走了。他不会老了。老是他留给我们的事，他永远年轻。

想起这些，是因为想说一个女孩的故事。她曾经对她男友说过一句话，生命是无常的事情，我不一定爱你到老，但我一定爱你到底。

她果然没有爱他到老。

姑娘叫陆雯雯。

陆雯雯一失恋就会去剪头发，所以在我认识她的那五年里，她一直是短发。

陆雯雯是个不错的姑娘，长得甜，个子高，说话声音很温柔，很会照顾别人，自己的工作收入也不错。如果放在相亲饭桌上，这是个条件很不错的姑娘。但是很奇怪，陆雯雯的每一次恋情都不得善终，而且都是对方甩她，无论对方是个帅哥还是个扔进人堆里没人回头看第二眼的平凡男。

这是为什么呢？我曾经很好奇。同样的事情在一个人身上多次发生，总是有原因的。后来我发现，陆雯雯的问题在于她对爱情的态度太过鲜明，任何一段恋情都急于绑定对方，缺乏安全感去享受爱情本身的美丽。没有人喜欢束缚，更何况是男人，她的急切常让他们想加速逃离。

陆雯雯在每次的分手里都是软弱而恋恋不舍地那一方，作为朋友，我们见过她太多的眼泪，以及手持电话声泪俱下哀求的场景。每一次分手都是陆雯雯人生里的滑铁卢。

而陆雯雯所经历过的最惨痛的一次失恋，是和宋嘉铭。惨痛到没有回头路。

算起来，宋嘉铭是陆雯雯交往时间最长的男友，两人在一起八个月。

两人在一起的时候，把结婚前能做的事情都做完了。他们一起拍的婚纱照，是在一起半年的时候陆雯雯在网上团购的，陆雯雯先斩后奏，说她一直想看看自己穿婚纱的样子，宋嘉铭没有什么理由拒绝，就去了。陆雯雯手指上有一枚克数并不大的戒指，是陆雯雯生日的时候她自己在金铺挑的生日礼物，价格不贵。陆雯雯戴上以后，兴高采烈地跟宋嘉铭说：“这算我们的订婚戒指哦！”

两人一起看电视，看到漂亮的户外婚礼场景，陆雯雯把头枕在宋嘉铭腿上，开始海阔天空地想象和策划他们未来的婚礼，要用怎样的花朵，请谁家的宝贝做花童。

陆雯雯的脚步追得越紧，宋嘉铭越是心生怯意。他从未想过这么年轻就要考虑婚姻，陆雯雯的急切也让他害怕自己做错选择。

于是在第八个月，宋嘉铭提出了分手。

我们都很害怕分手后的陆雯雯，她疗伤的方式是自虐，一道一道，用自己划下的伤口来盖过别人赠予的内心的伤疤。

陆雯雯失恋的第一反应是哀求。坐在别人紧闭的门前彻夜痛哭，没完没了地致电对方直至那边更换电话号码，在网络邮箱里写大段大段的告白马不停蹄地发给对方，都是陆雯雯分手后常见的节奏曲。

在确认对方的爱已告终，顺带连自己在对方心目中的尊严也消失殆尽的时候，陆雯雯开始了沉默的自虐。绝食、酗酒、包括献血都成为她发泄的方式。我的第一次献血，便是在陆雯雯一次失恋时被她拉去的，而那是陆雯雯在那年的第三次献血。

朋友劝诫的所有道理陆雯雯都懂，却难以自抑。她是一个在爱里寻找依靠的人，越是依赖，便越发现自己的无依无靠。

从这个角度上来说，那些与陆雯雯分手的前男友们也是不幸的，陆雯雯最后给他们留下的癫狂与悲伤的影像，足够他们午夜梦回。

宋嘉铭就是个鲜明的例子。

宋嘉铭怎么也没有想到，两个人在一起时文静得体的陆雯雯，会在下班时堵在他公司楼下哭着求他不要离开她。一夜之间，宋嘉铭受尽指责，成为同事眼中的绝情负心汉。他的左邻右舍也因为他不在家时陆雯雯不信家中无人拼命拍门对他们造成骚扰，以及雨夜陆雯雯一个人坐在他们单元楼门禁前大哭吓到下晚自习回来的孩子而投诉到物业。

但相比接下来的心力交瘁，宋嘉铭发现受人眼色并不是分手时最难承受的一环。

宋嘉铭在分手后的两个多月里，手机上有数百个陆雯雯的未接来电，另外至少十多次接到陆雯雯朋友的电话后赶到各餐厅把醉得不省人事却一直念着他名字的陆雯雯送回家。还有一次，是一个陌生的药店伙计打给他的，因为陆雯雯神情恍惚地去药店里要买超剂量的安眠药，药店伙计不敢卖，陆雯雯便不肯离开，伙计没有办法，只好拿过她手机翻她的联系人记录。

最疯狂的一次，陆雯雯在路上堵到宋嘉铭后神情激动地表示他若执意离开她她便去死，陆雯雯一面说着一面飞奔到了车水马龙的马路中间。宋嘉铭大惊失色，跑过去拉她，结果被一辆飞奔的摩的带倒，又被后面来不及刹车的私家车轻撞了一下。那天，陆雯雯没事，宋嘉铭却被直接送进了医院，脚骨骨折住院两个多月。

事后陆雯雯要在医院看护他，宋嘉铭直白地说："你要是真有愧疚之心，最近就不要来医院了，让我安静地待着。"

陆雯雯含泪离开。而躺在病床上的宋嘉铭心满意足地对他朋友说，他终于可以安心地躺着休息一阵了。

陆雯雯问我们，为什么宋嘉铭会这样绝情。我们没有人说话。

背地里，沈青为陆雯雯叹了口气，她说："失恋不可怕，可怕的是在失恋的时候连自己也一起弄丢。"

那时候，我们正听着一首老歌，是张学友唱的：

等待着别人给幸福的人，往往过得都不怎么幸福。

那些质朴的旧道理，总是真实刻骨。

后来，我给陆雯雯发过一条微信，我说："其实从来不是我们找爱情，从来只有爱情来找我们，或许当我们更爱自己的时候，它才更愿意向我们走过来。"

陆雯雯回了我一个拥抱。

宋嘉铭出院后就搬了家，换了工作，也更改了电话号码，他消失得很彻底，和我们这些他与陆雯雯共同认识的朋友没有了联系。

随着一段恋情的结束，宋嘉铭就像一颗水珠从我们的朋友圈里蒸发掉。

女孩们多少有些觉得宋嘉铭绝情，男人们却一致给了他同情分。

陆雯雯还是在满世界找他。每一次期期艾艾问我们是否同他有过联系，得到答案后一次次神情黯然。面容消瘦衣着潦草的她看得人心生不忍。

可是有什么办法呢？爱情是这世界上最爱莫能助的事情。

再得到宋嘉铭的消息，是从李山那里。

李山有次去一家公司办事的时候，在他们楼下遇到了宋嘉铭。以前在一家中型公司做主管的宋嘉铭现在窝在这边的一间小公司里，薪水不如从前。

两人在附近的咖啡厅里喝了杯咖啡，小坐了一会儿。宋嘉铭打听了一下陆雯雯近况，苦笑着请李山不要把遇见他的事情告诉她，否则他又要重新找工作了。

李山劝他："何必呢？分手了不能做朋友也是个熟人，何至这样决绝？"

宋嘉铭神情慨然，反问李山："你见过陆雯雯和哪个前男友还保持联系吗？"

李山想了想，摇了摇头。宋嘉铭笑了笑，说道："我以前也不明白，现在了解了。"

宋嘉铭说："陆雯雯会这样大抵也是际遇造成的。她小时候觉得父母感情一直很好，可是她初二那年，她爸突然就离家出走了，留下一封信坦陈他早已爱上别人，不忍开口，现已拖不下去了，只能离开。陆雯雯后来对感情非常没有安全感，大概也是这件事投下的阴影。"

"陆雯雯不明白，她那样强烈索求的，并不是爱，她是在求救。"

"我们都没有办法去帮一个在爱里求救的人，只有她自己能救自己。"

李山对我们说，宋嘉铭是对的，我们没有办法去帮一个在爱里求救的人，每个人只有自己才能救赎自己。如果他不爱她，却因为心软依然选择和她在一起，那不是在对她好，而是在加害她，因为留在一个自己不爱的人身边是没法成为一个好男人的，违心的感情不能长久。

那是我们最后一次在背后讨论我们的朋友陆雯雯和宋嘉铭的爱恋与分手。因为不久以后，陆雯雯就离开了我们。

那不是她自己的选择，那是一次不忍回首的意外。她在上班路上遇到路边一家餐饮店发生天然气爆炸，当场死亡。那起事故伤亡众多，各网络新闻和报纸连篇报道，是西安轰动一时的新闻事件。

在她的葬礼上，所有人都忍不住流泪，她还那么年轻，还有那么多岁月的美她还不曾翻阅。

而最让我觉得悲伤的，是她一直努力在这世上寻求一处可以停歇的岸，一路的灰心与失望走下来，直到孤独离开都未能如愿。不知道在天堂里，有没有人向她指出，真正的岸到底在哪里？

后来，在超市遇见过一次宋嘉铭。他推着手推车，里面放着米、啤酒，还有一些新鲜蔬菜。

“自己做饭？”我问他。他微笑点点头。

他现在还是一个人，据说还没有遇到感觉对的人。宋嘉铭说，他觉得爱情是慎重的事情，不愿意轻易卷入。

不知道和他聊什么，氛围有点尴尬，我准备开口道再见。就在那时，宋嘉铭突然轻声说道：“再过两天，就是陆雯雯的三周年忌日了啊。”

我抬起头，他寂寥的神色，看上去很难过。

我忍不住问了他一个问题：“如果她还在，你会爱她吗？”

宋嘉铭沉默了一会儿，然后他轻轻地摇了摇头，停顿，又摇了摇头。

原来爱是这般身不由己的东西，爱或不爱，生死都无法改变。

爱的善意与残忍，从来无人能够评判。

我想，爱大抵就像一盘热菜，是要趁时享用的东西。我们能做的，只是在爱的时候用尽力气，在不爱的时候好好道别。在爱和不爱的翻云覆雨里，我们都是无辜无助的，除了听从内心，别无他法。

唯一值得庆幸的，是只要我们还活着，怀抱希望走上前去，未来总有崭新的美丽发生。

除了陆雯雯，我们都来得及懂得。

再见，我温柔的过客。

图书在版编目（CIP）数据

所爱隔山海，山海亦可平 / 冷莹著 . -- 南京：江苏凤凰文艺出版社，2019.10
ISBN 978-7-5594-2171-5

Ⅰ . ①所… Ⅱ . ①冷… Ⅲ . ①故事 - 作品集 - 中国 - 当代 Ⅳ . ① I247.81

中国版本图书馆 CIP 数据核字 (2019) 第 191549 号

所爱隔山海，山海亦可平

冷莹 著

出 版 人	张在健
责任编辑	白　涵　刘洲原
特约编辑	李小含
装帧设计	格·创研社
责任印制	刘志华
出版发行	江苏凤凰文艺出版社
	南京市中央路 165 号，邮编：210009
网　　址	http://www.jswenyi.com
印　　刷	北京盛通印刷股份有限公司
开　　本	880mm × 1230mm 1/32
印　　张	7.25
字　　数	180 千字
版　　次	2019 年 10 月第 1 版　2019 年 10 月第 1 次印刷
书　　号	ISBN 978-7-5594-2171-5
定　　价	36.80 元